D1693856

Franz Pettinger

A Stund auf München

Franz Pettinger

A Stund auf München

Althaderner Geschichten

Verlagsanstalt »Bayerland« Dachau

Abbildungen auf dem Buchumschlag:

Vorderseite: Die Dorfkirche St. Peter vom heutigen Lupinenweg aus gesehen (Blickrichtung etwa nach Nordwesten).

Rückseite: Das Dorf Großhadern auf einer Postkarte aus dem Jahre 1934. Zwischen St. Peter und St. Canisius steht das Schulhaus. Das große Gebäude am linken Bildrand ist das Rathaus. Schräg gegenüber befindet sich das »Weiße Bräuhaus«. Der Kirchturm von St. Peter verdeckt den Gasthof »Thalmair«, einst »Neuwirt« genannt. Am linken Bildrand oben sieht man die Brennerei in Kleinhadern.

Die Fotografien, die in diesem Buch abgedruckt sind, stellte bis auf eine Ausnahme dankenswerterweise Otto Gugger, München, aus seinem umfangreichen Privatarchiv über Großhadern zur Verfügung.

Verlag und Gesamtherstellung:
Druckerei und Verlagsanstalt »Bayerland« GmbH
85221 Dachau, Konrad-Adenauer-Straße 19

Printed in Germany · ISBN 3-89251-152-7

Inhalt

Der Schustermeister Nikolaus Undinger in seinen letzten Lebensjahren. Als junger Mensch und auch als Erwachsener soll er ausgesprochen hager gewesen sein.

Das Dorf Großhadern und der Schustermeister Nikolaus Undinger

Wenn man heute von Großhadern redet, dann meist nur in Verbindung mit dem Klinikum, das man an den Rand der bayerischen Landeshauptstadt geklotzt hat. Mit dieser Einrichtung will sich München im europäischen Vergleich behaupten. Medizinisch betrachtet, mag dieser Vergleich gar nicht schlecht ausfallen, städtebaulich allerdings führt er zu einem negativen Resultat. Vor allem von außen her gesehen, ist und bleibt dieses Monster ein »krankes« Haus und hätte mühelos den ersten Preis für einfältiges und geschmackloses Bauen erzielen können.
Nur ein paar Steinwürfe davon entfernt sieht es ganz anders aus. Hier haben Jahrhunderte an einem ländlichen Ensemble gebaut. Längs der Heiglhofstraße, deren Name noch an ein altes Bauerngeschlecht erinnert, reihen sich Kirche, Friedhof, bäuerliche Anwesen und Gastwirtschaften zum alten Ort Großhadern. Wenige kennen dieses Kleinod, aber wenn man heute die frühere Dorfstraße entlanggeht und ein wenig die Augen zuzwickt, meint man noch immer, die Pferde scharren, die Kühe muhen und die Hühner gackern zu hören. Nur wo einst im Dorfweiher die Enten gründelten, plätschert heute ein mehr städtischer Brunnen, den der vielgeliebte »Haderner Hahn« krönt.

Das ursprüngliche Großhadern bestand aus den Ortsteilen Groß- und Kleinhadern. Letztgenanntes lag ein paar hundert Schritte weiter nördlich. Auch dieses kann man heute noch erahnen. Gegenüber der Gaststätte Schienhammer steht die sogenannte »Stürzer«-Kapelle, die, wie könnte es anders sein, dem Bauernheiligen St. Leonhard geweiht ist. Daneben spannt der prächtige Spitzweghof sein Geviert auf, aus dem Joseph Pschorr stammte, der Begründer einer bekannten Münchner Brauerdynastie.

Unser Hadern ist fast hundert Jahre älter als München. Es wurde nicht von geistlichen Herren oder löwenhaften Herzögen gegründet – seine Existenz geht vielmehr auf eine »edle Frau« zurück, die noch dazu den wunderschönen Namen »Imia« trug. Der freundliche Stadtteil könnte sich also auch als Wohnort für eingefleischte Feministinnen empfehlen, zumal da nicht Streit und Brandschatzung bei seiner Geburt Pate standen, sondern eine vornehme Tat. Besagte »nobilis femina« schenkte ihren Besitz im damaligen Haderun nämlich dem Kloster Benediktbeuern.

Das Leben durch all die Jahrhunderte war in der friedlichen Gemeinschaft geprägt von harter Bauernarbeit. Eine alte Urkunde besagt, daß um 1899 »307 Seelen nach letzter Volkszählung« das Dorf bewohnten. Erst nach 1900 stieg die Zahl seiner Bürger sprunghaft an. Aus der Großstadt drängte man hinaus ins Grüne. Die Fluren ringsum wurden bald von vielen ausgedehnten Siedlungen überzogen. Im Jahre 1938 gemeindete man Großhadern nach München ein. Damals wurden viele Randdörfer und sogar die respektable Stadt Pasing von der ausufernden Isarmetropole verschluckt.

Frohe Feste brachten Abwechslung in das Schuften auf dem Feld und in den Ställen des ursprünglichen Dorfes. Das Kirchen- und Bauernjahr bot sie reichlich an. Außerdem gab es eine Reihe von Originalen, die Farbe in den ländlichen Alltag eines jeden altbayerischen Ortes brachten. In Großhadern war dies das »lustige Kleeblatt«, das aus dem Schneider Michael Mühlbauer, dem Bader Sigmund Schall und dem Schustermeister Nikolaus Undinger bestand.

Vor allem der Letztgenannte konnte Geschichten erzählen wie sonst keiner. Insbesondere die Kunst des Übertreibens beherrschte er aufs beste. Während er seine Schuhe flickte und die Sohlen doppelte, saßen die Dorfkinder um ihn herum und hörten ihm oft stundenlang gespannt zu.

Gerne scherzte er mit kleineren und größeren Mädchen, die er oft schon zur Begrüßung bewußt mit falschen Vornamen anre-

dete. Brachte ihm ein nicht zu begüteter Bewohner des Ortes verschämt einen Schuh, der kaum noch zu richten war, tröstete er ihn mit der spaßhaften Bemerkung: »Den schneid'n ma vorn und hint ab, und as mittlere Trumm werf' ma weg!«
Meister Undinger mußte zeit seines Lebens jeden Pfennig dreimal umdrehen. Trotzdem und vielleicht gerade deswegen richtete er einem, der nichts hatte, auch einmal umsonst die Schuhe. Bereits seine Kindheit war begleitet von bitterer Armut. Oft gab es für ihn und seine Geschwister mittags nur das Knödelwasser zu löffeln, nachdem man dem Vater die an Zutaten auch nicht besonders reiche Einlage vorgesetzt hatte. Nikolaus Undinger ging bei einem Meister in München neben dem Isartor in die Lehre. Dort wurde er sehr grob behandelt.
Trotzdem verließen ihn nie sein Humor und sein Einfallsreichtum. Als ihm einmal der Gerichtsvollzieher den Kuckuck auf sein Schusterleder klebte, zeigte er sich wenig beeindruckt. Er schnitt ungeniert um die Pfandmarke herum die Sohlen heraus, die er für seine Schuhe brauchte. Man sah es ihm auch an, daß er nie besonders verwöhnt worden war. Bis auf seine letzten Jahre war der hochgewachsene Mann dürr, ja hager. Die Haderner sagten derb, aber treffend von ihm: »Der ist da Leichenfrau beim Abwaschen davoglaffa!«
Unter dem täglichen Hämmern und Nähen werden ihm viele seiner Streiche eingefallen sein, die man im Dorf als »Lumpastückl« bezeichnete. Wenn man will, kann man ihn fast schon den Karl Valentin Großhaderns nennen. Während der Münchner Komiker mit der Sprache jonglierte, wenn er philosophierte und sich tief- und hintersinnig gab, lag Undingers Fähigkeit mehr auf dem Gebiet der Regie. Valentin hatte nur eine Partnerin, unserem Freund stand dagegen ein ganzes Dorf als Bühne zur Verfügung. Die einst bäuerlichen Naturtalente fügten sich bereitwillig in die Rollen, die ihnen ihr »Schustergloasl« zudachte bzw. zuspielte.
Meister Undinger lebte von 1873 bis 1955. Er war weit über die Grenzen seiner Haderner Heimat hinaus bekannt. Noch in der Grabrede erinnerte Pfarrer Dr. Kendler daran, daß er stets ein lustiger Gesell' gewesen sei und immer den Nagel auf den Kopf

getroffen habe. Der schelmische Schuster liegt auf dem Dorffriedhof von St. Peter begraben. Wenn man von der Heiglhofstraße die paar Stufen hinaufsteigt, findet man recht schnell seinen Grabstein rechts von der Kirche.

Das Geburtshaus von Nikolaus Undinger, das Schustergütl (heute Pension Neumayer).

Der fliegende Kater

Ein komischer Kauz war er seit jeher, der hagere Zacherl. Nachdem er seinen Hof übergeben hatte, zog er ins Dorf Großhadern, um seinen Lebensabend näher bei Wirtshaus und Kirche verbringen zu können. Er erwarb das leerstehende Tremlgütl. In ihm hauste er nun ganz allein mit seinem Peterl, einem graugestreiften Bauernkater. Die meiste Zeit schmiegte sich das Tier in seinen Schoß und ließ sich von seinen gichtigen Fingern kraulen. Der alte Zacherlvater und der träge Schnurrkater sahen den ganzen Tag zum Fenster hinaus und beobachteten interessiert das rege Auf und Ab in der damaligen Dorfstraße, die heute Heiglhofstraße heißt.
Der seltsame Alte hatte noch sein ganzes Heu und Gramat mit der Sense gemäht, es unter der sengenden Sonne mit dem Rechen gewendet, dann mit der Gabel auf den Wagen gespießt und schließlich mit seinen Rössern eingefahren. Auch bei der Getreideernte hatte er weder Traktor noch Drescher gekannt. Gegen alles Technische zeigte der Zacherl daher früh eine unüberwindbare Abneigung. Jedem Motorrad, das durch den Ort knatterte, warf er einen Vogel nach, und als man etwa auf der Höhe, wo heute das Weiße Bräuhaus steht, die erste Fernsprechzelle aufstellte, rümpfte er nur abfällig die Nase.
Ganz und gar verschlug es ihm aber die Sprache, als die Gemeinde eine neue Feuerspritze anschaffte. Zu allem Unglück wurde diese Errungenschaft einer neuen Zeit auch noch mitten im Dorf abgestellt und versperrte ihm die Aussicht. Das Löschfahrzeug bestand zum überwiegenden Teil aus Kupfer und Messing, und das polierte Metall funkelte in der Sonne und stach ihm bei jedem Blick, den er aus seinem Stubenfenster warf, regelrecht in die Augen. Noch schlimmer allerdings war die Tatsache, daß die Feuerwehr auf die Seele seines Peterls tiefere Auswirkungen zeigte. Das blitzende Gefährt erschreckte den Kater so, daß er sich kaum mehr aus der Wohnung wagte. Auch wenn es däm-

merte, selbst bei Nacht, blieb das Tier verstört und strich höchstens ein paar Meter um das Haus, denn das stolzgoldene Stück wollte sich nicht einmal vor den Strahlen des Mondes verstecken.

Wenn der Zacherl nun hoffte, die neue Spritze würde bald in einen Schupfen oder hinter einem Stadeltor verschwinden, dann hatte er sich schwer getäuscht. Sie blieb stehen, wo sie stand. Von Woche zu Woche wurde ihr Metallglanz stumpfer. Von Monat zu Monat versank sie einen Zentimeter tiefer im Morast der Dorfstraße, die damals noch nicht geteert war. Für den Löschwagen ließ sich kein schützendes Dach finden. Dabei hätte der Austragler noch am ehesten dazu beitragen können, für sie einen wetterfesten Unterstand zu finden.
Der Gemeindediener erschien bei ihm. Er brachte einen schönen Gruß vom Bürgermeister mit. Dann fragte er, ob man die Motorspritze in seinen Stadel stellen dürfe. Da kam er aber beim Zacherl gerade an den Rechten. »Des neimodische Graffe kimmt ma ned hinter meine Bretter!« schimpfte der ihn aus.
Als nächste sprachen seine Nachbarn, zwei große Haderner Landwirte, bei ihm vor.
»Wenn's brennt, huift des Trumm so net!« stellte der Alte ihnen gegenüber besserwisserisch fest und verwies sie auf ihre eigenen Baulichkeiten. Sie hätten die Wehr ja gern bei sich untergestellt. Aber zum einen hatten sie keinen Platz zur Straße hin, und zum anderen waren ihre feldwärts weisenden Scheunen bis zu den Firstreitern hinauf vollgestopft mit Heu und Stroh. Der Zacherl dagegen besaß einen leeren Schupfen, der von Jahr zu Jahr mehr verfiel, mit einem weiteren schier unbezahlbaren Standortvorteil: Sein Bretterverschlag befand sich in unmittelbarer Nähe des Dorfweihers. Man brauchte bei einem Brand die Schlauchtrommeln nur ausrollen, dann würden sie sofort ins Wasser tauchen und konnten das löschende Naß in Sekundenschnelle ansaugen.

In der Folgezeit rückt der hagere Alte immer mehr in den Mittelpunkt des dörflichen Interesses. Schließlich klopft der Bürgermeister persönlich bei ihm an.

»Und überhaupt, seitdem des Teifiszeig da drauß' steht, traut si mei Peterl nur mehr in' Stadl nüber. Wenn de Spritzn da neikimmt, is' damit aa aus. Dann muaß des arme Viecherl ganz verkumma!« Mit solcher Rede wehrt er das Bitten und Betteln des Dorfvorstehers ab.
Dieser gibt sich aber nicht so schnell geschlagen. Er besucht ihn ein zweites und ein drittes Mal. Für das Unterstellen des Löschwagens verspricht er eine stattliche Miete. Der Austragsbauer weist aber alle Angebote ungehalten von sich.
»Ihr derft's de Maschin, de Maschin . . .«, ereifert er sich: ». . . erst bei mir einstell'n, wenn . . . wenn . . .«
Dabei sucht er nach einer Steigerung, die es ganz und gar unmöglich machen soll, künftighin an ein Unterstellen in seinem Schupfen auch nur zu denken. In seiner Erregung muß er jedoch seinen Kater, der wie immer in seinem Schoß sitzt, zu grob gestreichelt haben. Das Tier entspringt ihm mit einem weiten Satz und liefert ihm einen willkommenen Vergleich: ». . . wenn mei Peterl as Fliagn g'lernt hat. Eher net!«
Das ist sein letztes Wort. Anschließend weist er den Bürgermeister zu jenem sprichwörtlichen Loch hinaus, das der Zimmermann für unerwünschte Gäste offengelassen hat.

Von jetzt an weiß man in Großhadern sicher, daß man mit dem günstigsten Spritzenplatz nicht mehr rechnen kann. Man beratschlagt, was nun zu tun sei. Einige Dorfbewohner regen an, der Maschine eine Plane überzuwerfen und sie dort stehen zu lassen, wo sie steht. Andere wollen am Ende des Dorfes, weit weg vom Löschteich, ein Feuerwehrhaus bauen.
Der Disput kommt auch Meister Undinger zu Ohren. Er ist Schuster in Großhadern und weit über seinen Heimatort hinaus als Original bekannt. Alle im Dorf schätzen ihn, denn nicht zuletzt sind es seine Scherze, die eine willkommene Abwechslung in den oft langweiligen ländlichen Alltag bringen.
Richtig heißt der Meister Nikolaus. Aber »Nigel« oder »Nicki«, wie es sonst üblich ist, sagt niemand zu ihm. Man nimmt den zweiten Teil dieses Namens und macht aus einem »Klaus« einen

»Gloasl«. Meist spricht man von ihm als dem »Schustergloasl« und erinnert dabei gleichzeitig an seinen Beruf.
Unser Freund sitzt in seiner Werkstatt und klopft gerade eine neue Sohle für einen frisch zu doppelnden Schuh weich. Immer schneller beginnt er zu hämmern. Plötzlich wird er aber langsamer. Dann hört er ganz auf und blickt zur Decke hinauf. Auf einmal muß er laut lachen: »A Kater und no nia gflog'n?«
Er merkt gar nicht, daß eben Kundschaft eingetreten ist. »In China hint hat si erst neuli einer über eine Stund in der Luft ghalten!« Sein Lachen wird spitzer.
»Was red'st für an Senft?« unterbricht ihn nun der Kramer Sepp, der gerade seine Sandalen zum Richten vorbeibringt.
»I red koan Senft! I red d' Wahrheit!« beharrt der Schustergloasl auf dem Gesagten. Seine Lust zu übertreiben ist zwar hinlänglich bekannt, aber das ist dann doch zuviel.
»Saudumme Sprich san des!«
»Ganz und gar net!«
»Aufschneider!« nennt ihn jetzt der Kramer. Er legt ihm seine Trittlinge hin und will schon gehen.
»Stimmt des?« bremst ihn da Meister Undinger: »Stimmt des, daß der Zacherl g'sagt hat, wenn sei Kater fliagt, daß er uns dann d' Spritz'n einstell'n laßt?«
»Ja, freili hat er des g'sagt. Sofort kannt' ma's eahm dann in sein Schupfa schiabn.«
»Dann muaß ma hoit seim Peterl as Fliagn learna!«
»Du spinnst. Rundumadum spinnst du!« Der Sepp schüttelt den Kopf. Ohne sich umzudrehen, schnellt er zur Tür hinaus.

Die Gespräche im Dorf ziehen sich ab diesem Zeitpunkt vom Zorn über den Zacherl, der die Feuerwehr nicht einstellen will, bis hin zum Gelächter über den Schustergloasl, der dem Kater des Austraglers das Fliegen lernen will. Darüber bleibt die Wasserpumpe weiter im Freien stehen. Den Neinsager heißt man einen Starrkopf. Den Schuster nennt man einen Spaßvogel. Auf den Rädern der Spritze fliegt der erste Rost an. Langsam bleichen ihre Schläuche aus.

An einem heißen Juniabend trifft sich ein guter Teil des Dorfes beim »Alten Wirt«. Man hat den ganzen Tag schwer gearbeitet, und nun erholt man sich bei einem erfrischenden Abendtrunk. Auch der Zacherl sitzt, etwas abseits, im Wirtsgarten. Seit der Geschichte mit der Motorspritze sind seine letzten Freundschaften abgebröckelt. Denn jemand, der aus fadenscheinigen Gründen seine Hilfe verweigert, der grenzt sich selbst aus in einem kleinen Ort, in dem letzten Endes jeder auf jeden angewiesen ist. Aus einem Kauz ist ein Eigenbrötler geworden.
Plötzlich hört man über dem behäbigen Murmeln der Männer ein langgezogenes Maunzen. Niemand schaut auf. Auf dem Land ist man gewohnt, daß die Katzen alle paar Monate ranzen. Es ist halt wieder soweit.
Wieder vernimmt man so ein derbes Miauen. Ein unwilliges Fauchen mischt sich hinein. Es greift von oben nach unten.
»Da schaugts hi! A fliagate Katz!« ruft nun einer, der gerade seinen Maßkrug hebt und zufällig seinen Blick in die Höhe richtet. Dann spießt er über die Köpfe hinaus. Alle Augen folgen seinem Finger.
»Wirkli a Kater, der durch d' Luft rudert!« entfährt es einem anderen.
»Des is ja an Zacherl der sei!«
»Der Peterl hat 's Fliag'n g'lernt! Möchtst es nicht für mögli halten!«
So ruft man durcheinander und bringt vor lauter Staunen den Mund nicht mehr zu.
Den abseits sitzenden Alten reißt es vom Platz. Er wirft den Tisch um, an dem er hockt, so aufgeregt ist er. Dann stürzt er zu der Kastanie, neben der sein Liebling gerade herunterschwebt. Er reißt seine Hände in die Höhe, um das Tier aufzufangen.
»Mei Katerl! Mei Peterl!« ruft er dabei immerzu.
Das Tier fliegt aber an ihm vorbei und landet einige Meter neben seinem Herrn entfernt auf dem Boden. Als es mit seinen Pfoten den Biergartenkies berührt, maunzt es erneut. Diesmal klingt es jedoch weder ängstlich noch unwillig.

»Gut hat es mir getan! Noch mal bitte!« könnte das bedeuten. Anscheinend gefiel dem Kater seine erste Luftreise bestens.
Sein Flug hat droben am Gucklochfenster, direkt unter der Firstspitze des Gasthauses begonnen. Sacht ist das Peterl, sicher an einem Fallschirm hängend, von dort heruntergeschwebt.
Der Luftsack ist aus einem Seidentuch gefertigt, wie es Bäuerinnen gern am Sonntag um die Schulter haben. Seine vier Enden sind je mit einem Zwirnsfaden umbunden und dann an einer breiten Schlaufe aus weichem Leder befestigt.
Aus diesem bequemen Traggurt schlüpft der Kater gerade heraus. Er streckt sich, stellt seinen Schwanz steil auf und katzbukkelt dann zum Zacherl hin. Der beugt sich zu ihm hinunter und streichelt ihn. Besorgt nimmt er ihn auf die Arme und drückt ihn dann behutsam, als wäre er ein kleines Kind, an seine Brust.
»Weilst nur wieda da bist!«
»Weil da nur nix passiert ist!«
»Weilst nur guat runtakumma bist!«
Der Herr überschüttet seinen Liebling mit unzähligen »Peterl« hin und »Katerl« her. Er kann gar nicht aufhören, seinem Fallschirmspringer das Fell zu massieren. Das Tier beginnt sofort behaglich zu schnurren und blickt dazu katzenhaft gelangweilt in die Runde.
Langsam kommt nun auch in die Leute, die im Biergarten sitzen, Bewegung. Ein Biertrinker nach dem anderen erhebt sich von seinem Platz und ruckt zum Zacherl hinüber. Keiner sagt was dabei, nicht einmal geräuspert wird sich. Tonlos, leise geht das vor sich. Plötzlich ist der Austragler nicht mehr allein. Als sein Tisch zu kurz wird, stellen zwei kräftige Burschen einen zweiten daran. Man schaut dem Zacherl zu, wie er seinen Kater streichelt.
»I ko ma scho denga, was ihr eich denkts«, beginnt der hagere Alte, nachdem er seine Stimmbänder mit einem tiefen Schluck geölt hat.
»Ihr brauchts ma nix erklärn« – genüßlich schleckt er sich daraufhin die Lippen ab.

»Daß mei Peterl fliagn ko, des woaß i jetzt und daß d' Feiaspritzn in mein Stadl g'hört, des woaß i a!« In seinem derben Gesicht geht ein breites Lachen auf.
Der Zacherl erhebt sich. Auch alle anderen tun es. Sie gehen dem Alten nach. Feierlich wie in einem Kirchenzug bewegt man sich zu seinem Schupfen. Der Austragler öffnet ihn höchstpersönlich. Dann spannen sich einige der Männer vor die Feuerspritze, und die restlichen stemmen sich in ihre Räder. Mit Ho-Hopp und Hau-Ruck schiebt man das Gefährt in seinen endgültigen Unterstand.

Aus dem Abend wird ein Fest. Der Zacherl läßt sich nicht lumpen. Jeder kann trinken, was ihm schmeckt. Es geht alles auf seine Rechnung. Irgendwann einmal entdeckt man auch Meister Undinger unter den lustigen Zechern. Man will den Schustergloasl hochleben lassen, doch er winkt bescheiden ab. Macht auch nichts! Weiß so jeder im Dorf, daß die Geschichte mit dem Fallschirm nur ihm einfallen konnte.

Die Großhadener freiwillige Feuerwehr bei einer Übung. Die Dorfstraße (heute Heiglhofstraße) war damals noch nicht geteert.

Hilfslehrer Hieber

Es gab einmal in Großhadern einen Hilfslehrer. Wie hieß er gleich wieder? Es war ein gewisser . . .? Lassen wir das! Sein Name tut nichts zur Sache. Ich möchte es in dieser Geschichte wie in allen anderen Erzählungen dieses Buches halten. Auf niemanden wird mit dem Finger gedeutet. Auch im nachhinein will ich mich über keine Person lustig gemacht haben. Meine alleinige Absicht ist es, zu unterhalten. Und wenn es mir hie und da gelingt, meinem Leser ein Schmunzeln zu entlocken, dann bin ich zufrieden, denn dann habe ich vollauf erreicht, was ich will. Wie man jemand tatsächlich nannte, soll nicht mehr feststellbar sein. Auch den Ort einer Handlung habe ich stets ein paar Häuser die Heiglhofstraße hinaufgeschoben oder hinuntergelegt. Niemand darf sich betroffen fühlen. Taufen wir also unseren Hilfslehrer Hieber. In der Zeit um die Jahrhundertwende war ein Lehrer zunächst einmal ein leerer Magen. Selbst diese Bezeichnung kann man noch als eine Übertreibung ansehen. Um nicht verhungern zu müssen, hatte er sich nach dem Schulehalten noch als Bauernknecht zu verdingen. Gegen Naturallohn rackerte er sich am Nachmittag dann draußen auf den Feldern ab. Man kann sich vorstellen, daß er an jedem Abend müde war wie ein Stein. Zirpte am nächsten Morgen in aller Herrgottsfrüh der Wecker, wollte er kaum wach werden. Schlafblind tappte er aus seinem Bett und taumelte benommen in seine Schulstube. Schon in der ersten Unterrichtsstunde mußte er gegen eine Mauer von Müdigkeit ankämpfen. Meist hatte er damit bis zur Pause Erfolg. Nach der Halbzeit nickte ihm jedoch immer häufiger das Kinn auf sein Schlüsselbein hinunter. Er mußte seinen Kopf auf den Armen abstützen. Der Schlaf wurde stärker als er. Die Augendeckel fielen ihm öfter und öfter herunter. Er verlor den aussichtslosen Kampf. Bald fing er an, in seinem Holzstuhl mit den bequemen Armstützen »einzunatzen«.

Täte einem Lehrer heutzutage so etwas passieren, seine Schüler würden zunächst laut werden. Bald darauf würden sie anfangen zu toben und kämen dann schnell ins Raufen. Über kurz oder lang jedenfalls hätten sie solch einen Heidenkrach gemacht, daß sie wieder einen wachen Pädagogen vor sich sähen, der sie aufs neue ordnungsgemäß beschulen würde.
Im einstigen Dorf Großhadern nahm sowas einen ganz anderen Verlauf. Ob die Kinder dort und damals schlauer waren, kann im nachhinein nicht mehr festgestellt werden. Jedenfalls schlugen die damaligen Schüler, wenn sie merkten, daß ihren Lehrer der Schlaf packte, nicht gleich über die Stränge. Das genaue Gegenteil trat ein. Sie verhielten sich still. Hilfslehrer Hieber weckte erst der Schlußgong.
»Heute ist der Tag aber wieder einmal schnell vergangen!« Damit schreckte er dann hoch.
»Weil wir so brav und fleißig waren!« hörte man ihn manchmal auch verlegen loben.
Und noch etwas kommt hinzu. Die Haderner Lausbuben finden schnell heraus, daß sich am schlafenden Hieber die kühnsten Mutproben ablegen lassen. Katzenpfotenleise schleichen sie sich zum Lehrer hin und führen vor seinen geschlossenen und den weit aufgerissenen Augen der Mädchen die gewagtesten Kunststücke vor.
An Sonnentagen spielen sie »Nasentüpfeln«. Der feurige Planet wirft nun das Gesicht des Schläfers als dunkles Abbild an die Klassenzimmerwand. Ein frecher Bengel nach dem anderen huscht nach vorne und bewegt nun seinen Finger knapp vor Hiebers Nase hin und her. Im Schattenriß sieht das so aus, als ob sie ihren Lehrer am Riechorgan kitzeln würden. Da muß man sich dann schon in die Backen beißen, um den Herrn Hieber nicht wachzulachen.
»Schuachschmecka!« heißt der bevorzugte Zeitvertreib, wenn der Himmel dagegen bedeckt ist oder wenn es gar regnet. Ein Schüler muß sich jetzt vorpirschen, seine Sohlen vor dem Pult ausziehen und dann seine Stinkstiefel dem Schlafenden unter die

Nase schieben. Dabei geht es mindestens genauso spannend und lustig zu.

Eines Tages ist gerade unser Gloasl dran, der sich im späteren Leben zu dem bekannten Haderner Scherzbold auswächst. Als er seinen linken Schuh gerade vom Pult wieder herunterholen will, klopft es plötzlich streng an der Tür. Herein tritt der Pfarrer von Gräfelfing. Hadern gehört zu seinem Kirchensprengel, und als Geistlicher übt er – wie seine Kollegen im ganzen Königreich Bayern – zur damaligen Zeit die Schulaufsicht aus.

Der Hilfslehrer springt auf und verbeugt sich tief. Auch die Klasse ist schnell auf den Beinen und grüßt respektvoll.

»Nicht stören lassen, weitermachen!« knurrt der ehrwürdige Herr und nimmt auf einem Stuhl im Hintergrund Platz.

Hieber weiß nicht, was er machen soll. Dann sieht er den ungewohnten Schuh vor sich auf dem Pult stehen. Da kommt er erst recht ins Stottern.

»Die Römer hatten noch keine geschnürten Schuhe, obwohl sie weit herumgekommen sind, Herr Hilfslehrer!« hört er da einen Schüler krähen. Es ist der nachmalige Schustermeister Undinger, der schon damals über eine ausufernde Phantasie verfügt. Der Schüler steht noch immer vor ihm, denn er hatte keine Zeit mehr, sich auf seinen Platz zurückzuziehen. Hieber läuft es zunächst warm und dann kalt den Rücken hinunter. Er wird zunächst krebsrot und dann käseweiß im Gesicht. Aber schließlich nimmt er doch das Stichwort auf, das ihm der kleine Gloasl zugespielt hat. Verlegen greift er nach dem Schuh, der in der Eile ebenfalls stehengeblieben ist.

»Du hast recht, mein Guter!« stottert nun der Lehrer daher: »Die Sohlen waren sozusagen mit Bändern bis über die Waden hinauf festgebunden!« Er erklärt, was der Bengel da daherkrächzt, an dessen Schuh. Er hält diesen dann an die Tafel und entwickelt daraus eine Skizze, die zeigt, was der alte Cäsar und der alte Augustus wohl an ihren Füßen trugen.

»Und wie sah dann das Beinkleid im Mittelalter aus?« fragt nun der Hilfslehrer. Etwas verstohlen gibt er das bisherige Demon-

strationsobjekt seinem Besitzer zurück. Jetzt erlebt Hieber eine Klasse, wie er sie sich nicht besser hätte wünschen können. Die Finger der Kinder schießen drin auf wie die Triebe einer Saat nach ausgiebigem Aprilregen. Man erzählt von den Bauernaufständen und vom Bundschuh, den man sich dereinst gar auf die Fahnen nähte. Die Schüler sind nicht mehr zu bremsen. Wenn man schon im Blödsinn zusammenhielt, so will man wenigstens jetzt gemeinsam retten, was noch zu retten ist. Die Mitarbeit der Kinder bringt den Hilfslehrer so richtig in Schwung, und ihr Eifer zwingt dem Herrn Pfarrer ein respektvolles Räuspern ab.
Einmal in Fahrt, fährt er fort: »Nachdem wir gesehen haben, was die Menschen früher für Schuhe trugen, wollen wir jetzt behandeln, wie sich ihre Kleidung in den verschiedenen Jahrhunderten änderte!«
Hier unterbricht aber die Geistlichkeit. Er lobt die Kinder und schickt sie in die Pause.
Auch gegenüber dem Hilfslehrer findet er nur anerkennende Worte: »Sehr anschaulich, mein Freund! Sehr anschaulich! Daß man sich von einem Schüler einen Schuh geben läßt und daran erklärt, was man früher an den Füßen trug, das finde ich überaus lehrreich!«
Dann räuspert sich der Herr Pfarrer ein zweites Mal und wiederholte: »Be-acht-lich!«
Anschließend verläßt er unter den ergebenen Bücklingen des Hilfslehrers hochzufrieden das Schulhaus.
Hieber findet bald darauf eine feste Anstellung. Vom Hilfslehrer wird er zum Lehrer befördert, oder wie man es noch ausdrücken könnte, vom Oberhungerleider zum Hungerleider »herabgestuft«.
Das hieß nun nicht, daß er sich schon zu jeder Mahlzeit den Magen randvoll schlagen konnte. Nein, so gut ging es einem Dorfschulmeister im letzten Jahrhundert noch lange nicht. Aber er brauchte wenigstens nebenher nicht mehr bei den Bauern auf dem Feld zu arbeiten, und er ist seitdem auch nie mehr in seiner Schulstube eingeschlafen.

Schusterpech

Es war ein Tag des Pechs für Meister Undinger. Er begann damit, paradox genug, daß es ihm ausging, das Pech – dieses wortwörtlich verstanden. Das letzte Stückchen Schusterpech wurde kleiner und winzig klein, und schließlich konnte er keine Schnüre mehr durchziehen, um diese damit einzuschmieren. Folglich wurde es ihm unmöglich, die Sohlen, die er gerade in der Reißen hatte, aufzunähen. Er stellte also den Haferlschuh, den er gerade vor sich im Schoß hatte, auf den Boden und unterbrach seine Arbeit.

Dann holte er seinen Drahtesel aus dem Schupfen und schwang sich auf den Sattel. Da sprang ihm die Kette vom Tretrad. Pech ist eben Pech. Er hängte sie wieder ein. Als er damit fertig war, warf er einen Blick hinauf zu den Wolken. Ein dunkler werdender Himmel richtete sich zum Regnen ein. Nichts klappte heute. Pech bleibt eben Pech.

Trotzdem strampelte er hinein in die Landeshauptstadt. »A Stund auf München!« sagten früher die Haderner, wenn sie hinüber an die Isar mußten. Zu Fuß brauchte man mindestens diese Zeitspanne. Der Schustergloasl war mit dem Fahrrad unterwegs, da wird es nur halb so lange dauern. Das Wetter würde schon aushalten, bis er wieder zurück war. So dachte er jedenfalls. Gleich hinter dem Viktualienmarkt, in der Müllerstraße, kaufte er stets sein Leder, seine Schnüre, seine Ahlen, kurz: alles, was er brauchte, um den Hadernern die Schuhe in Schuß zu halten. Dort würde er auch schnell eine Kugel Pech erstehen und dann sofort wieder heimstrampeln.

Der Himmel hat es aber eiliger als er. Die Wolken füllen sich noch mehr an mit Schwärze. Auf einmal können sie ihre schwere Fracht nicht mehr halten. Es beginnt zu regnen. Das Pech verfolgt den Schustermeister. Das heißt, es verfolgt ihn nicht, vielmehr kommt es ihm entgegen. Zum Glück sind es keine Pech-

tropfen, die ihm von vorne ins Gesicht schlagen, sondern nur Regentropfen.
Kräftig stemmt sich Undinger in die Pedale. Aber mit jeder Umdrehung wird der Regen stärker. Also greift er mit einer Hand nach hinten und angelt nach seinem Schirm, den er sich vorsorglich auf den Gepäckträger geklemmt hat. Während er mit der anderen den Lenker hält, spannt er ihn auf. Zum Absteigen nimmt sich der Gloasl keine Zeit, denn aus den Tropfen sind inzwischen Striche geworden.
Meister Undinger hält sich das aufgeklappte Regendach vor die Nase. Hie und da schaut er über dessen Rand, um sich zu vergewissern, wohin sich die Straße windet und wie er lenken muß. Der Regen prasselt inzwischen auf das gespannte Tuch. Ungeachtet dieses Schutzes wischt er ihm wie ein nasser Waschlappen ins Gesicht.
Kratsch, macht es da! Der Schustermeister überschlägt sich mit seinem Gefährt. Für eine oder zwei Sekunden hat der Arme keinen Boden unter den Füßen. Dann landet er wieder auf seinen Rädern. Schließlich senkt sich noch sein Schirm auf ihn, nachdem er hoch durch die Luft propellert war. Seine verrostete Fahrradklingel wimmert noch lange nach.
»O Himmel, alle Heiligen!« hört er nun rufen. Jemand rennt auf ihn zu und reißt das Regendach weg. Undinger öffnet sein linkes Auge, und dies nur für den Bruchteil einer Sekunde. Mit diesem halben Blick erblinzelt er den Wegmacher. Einen Meter vor ihm steht auch dessen Karren. Sofort weiß er Bescheid. Er war zu leichtsinnig gewesen. Er hatte sich zu sehr darauf konzentriert, das Naß abzufangen. Und was ihm den Regen abgehalten hatte, versperrte ihm auch die Sicht. Schnurstracks war er auf den Wagen des Straßenausbesserers gebrummt.
Der Regen wird immer stärker. Das Wasser pritschelt unserem Gloasl auf die Haare und rinnt ihm in den Hals. Da kommt ihm eine Idee. Er läßt seine Augen geschlossen.
»O Himmel, alle Heiligen!« ruft der Wegmacher wieder. Er richtet den Schuster auf. Leichenblaß wird er, als ihm dieser bewußtlos aus den Armen rutscht. Nun schlägt er die Hände über dem

Kopf zusammen. Er jammert und jammert, faßt sich aber dann ein Herz und zieht den vom Zusammenstoß schwer Betäubten zu seinem Karren und schiebt ihn auf die Planken. Willenlos läßt es der Gloasl mit sich geschehen.
Inzwischen regnet es Schusterbuben. So sagt man dazu heute noch in Großhadern. Undinger macht das nichts aus. Der Wegmacherkarren ist von einer Plane überspannt. Darunter ist es bröseltrocken.
»Gustl, wiah! Gustl, wiah!« befiehlt nun der Straßerer. Vor seinen Wagen ist ein Esel gespannt. »Des is da Undinger vo Großhadern! Der rührt und reibt si nicht mehr!« erklärt er dem Zugtier und treibt es grob zur Eile an.
Dem Schustermeister geht nichts ab. Der Wegmacher hat noch sein Rad auf den Karren gehoben und auch den Schirm hinaufgeworfen. Draußen regnet es gußnieder. Sein Kutscher hat sich einen alten Sack über den Kopf gestülpt. Links und rechts der rupfenen Kapuze schießt die strömende Flut wie ein Wasserfall nieder. Der Straßerer peitscht den Esel voran. Er selbst watschelt durch die Schlaglöcher, die bereits tief mit dem Naß gefüllt sind und auf die der Landregen hohe Wassermandeln schlägt.
Undinger dagegen sitzt vollkommen geschützt. Er hört, wie die Tropfen auf die Plane platschen. Er zieht die Beine an und spreizt die Ellbogen aus, damit er nicht vom Karren rutscht. Er fühlt sich pudelwohl und grinst vor sich hin.
»Trockn zogn ist besser als naß abgstrampelt!« meint er und hätte beinah begonnen, ein Liedchen zu pfeifen.
Als er nach einiger Zeit das Verdeck ein wenig lupft, sieht er schon die ersten Haderner Häuser. Die Leute im Dorf haben das Gespann längst ausgemacht. Man wundert sich über den Wegmacher, der bei solch einem Wetter und noch dazu in recht ungewohntem Tempo in den Ort hetzt. Mancher Vorhang bewegt sich, und manche neugierige Nase streckt sich hinter einem Schupfentor hervor.
Mit einem Ruck hält der Eselskarren vor Undingers Werkstatt. Der Wegmacher ringt mit den Händen. Einige Männer springen auf ihn zu, um ihm zu helfen. Man reißt die Plane vom Wagen.

Da erhebt sich hinter den Planken eine Männergestalt. Der watschelnasse Straßerer erschrickt. Er weicht einen Schritt zurück, denn er hat einen Halbtoten erwartet. Lebfrisch schwingt sich stattdessen der Schustergloasl vom Karren. Wieselflink packt er sein Rad und hebt es vom Wagen. Dann klopft er zum Dank dem Wegmacher auf die Schulter und dem Gustl auf die Kruppe. Damit er nicht zu naß wird, sperrt er schnell seine Ladentür auf.
»Du hast mir's Leben g'rett«, ruft er dem Verdatterten noch zu, bevor die Tür hinter ihm ins Schloß fällt.
Der Tag, der für den Schustermeister Undinger mit so viel Pech begann, hat doch noch ein glückliches und vor allem für ihn trokkenes Ende gefunden. Nur dem völlig entgeisterten Wegmacher geht es noch naß hinein. Er ist so außer sich, daß er eine ganze Weile in dem dichten Regen stehen bleibt und sprachlos vor sich hinstarrt. Erst als es seinem Esel zu dumm wird und der zu trompeten anfängt, verzieht er sich kleinlaut mit seinem Gustl unter ein schützendes Vordach.

Diese Kapelle mit Kreuz befand sich einst auf freiem Feld. Heute steht sie in der Gräfelfinger Straße und ist ringsum von Häuserblocks zugebaut.

Wichtige Nachricht

Es muß nicht immer so sein, aber man kann häufig beobachten, daß es doch stimmt. Übertrage einem Menschen ein Amt, lasse ihn gar eine Waffe tragen, und schon haben wir die Bescherung: Über Nacht meint er, er wäre ein anderer. Plötzlich hält er sich für mehr als seine Mitbürger. Stolz keimt in ihm auf. Er bewegt sich stocksteif und benimmt sich wie ausgewechselt.

Mit dem Zirngibl Schorsch und dieser Behauptung ist es so, wie wenn du mit dem Hammer einen Nagel genau auf den Kopf triffst. Zunächst war er ein umgänglicher Mensch. Man begegnete ihm gern und wechselte genauso gern ein Wort mit ihm. Aber dann hängten sie ihm ein Gewehr um und machten ihn zum Jagdaufseher. Mit dem Drilling auf der Schulter durfte er den ganzen Tag in Wald oder Flur spazierengehen. Und da passierte es. Er reckte seine Nase nach oben und schob sein Kinn nach vorne. Alles, was gesagt wurde, legte er von jetzt an auf die Goldwaage. Aus der unbedeutendsten Angelegenheit wurde eine Staatsaffäre.

Da war einmal etwas mit seinem Gewehrriemen. Irgendwie hatte der sich gelockert, eine Naht war aufgegangen. Eigentlich handelte es sich um eine Nebensache. Mit ein paar Nadelstichen hätte das ein Sattler oder Schuster umgehend beheben können. So eilig hätte es der Herr Jagdaufseher auch wieder nicht haben müssen. Er hätte bis zum nächsten Tag warten können, tat es aber nicht. Er klopfte den Schuster noch bei Nacht heraus.

»Wichtige Nachricht!« drängte er auf Meister Undinger ein: »Mein Gewehrriemen läßt aus! Glei muaßt ma den onahn!«

Zirngibl brachte sein Anliegen so energisch vor, daß sich der Gloasl überfahren ließ. Sogleich setzte er sich auf seinen dreibeinigen Schusterschemel und zog ein paar Fäden durch das Leder. In ein paar Minuten war es geschehen. Der Jäger schob ihm gnädig eine Münze zu und verschwand erhobenen Hauptes in der Dunkelheit.

Einen Monat später wird es gewesen sein. Man hält Sonntagsruhe im Dorf Großhadern. Es klopft und klopft an Undingers Werkstatt. Da das Gräuspelwerk nicht aufhört, sperrt der Schustergloasl schließlich auf. »Wichtige Nachricht!« Es ist der Schorsch, der da wieder geschäftig daherplappert: »Mei Rucksackschnalln is ausgrissen. Da brauch i a neie!«
Jetzt ärgert sich Undinger schwer. Trotzdem nimmt er den Jagdschnerfer entgegen.
»Morgn, glei in da Früah brauch ich ihn!« fordert Zirngibl. Er ist ja schließlich Jagdaufseher und hat Anspruch auf bevorzugte Behandlung. »Jawohl« und »Versteht se selber!« knurrt der Gloasl und haut mißmutig seine Tür wieder zu.
Trotz allem nimmt der Schuster Zirngibls Rucksack am nächsten Tag gleich als erstes in die Hand. Als der Jagdaufseher ihn am frühen Morgen abholt, ist die Schließe schon ausgewechselt.

Das Kraut schüttet ihm der Jägerschorsch jedenfalls ganz aus, als er ihn eine Woche später aus den Federn trommelt. Hochheiligen Feiertag schreibt man, und kaum jemand ist unterwegs. Zirngibl empfängt ihn erneut mit: »Wichtige Nachricht!« Dann zieht er ein paar alte Latschen aus seinem Gepäck und stellt sie vor den Schustermeister hin:
»D' Absätz san abglaffa!« bläst er stolz aus sich heraus. Auch diesmal besteht er auf sofortiger Erledigung. Er dackelt ja mit einer Bleispritze auf dem Buckel durch die Landschaft und ist schließlich etwas Besonderes.
Grantig macht sich Undinger am folgenden Morgen an die Arbeit. Er schneidet ein paar Lederstücke her, rauht sie auf und klebt sie auf die abgelaufenen Absätze. Die unverschämte Art des Zirngibl will ihm aber nicht aus dem Kopf gehen. Er stellt sie in die Presse. Währenddessen sinnt er nach, wie er dem hochnäsigen Herrn Jagdaufseher seine Wichtigtuerei abgewöhnen könnte.
Immer wieder unterbrechen ihn Leute bei der Arbeit, die entweder durchgelaufene Latscher bringen oder ihre frisch gerichteten Schleicher abholen. Nebenbei erfährt er, daß man den Zirngibl

gesehen hat, wie er sich auf der Haderner Seite des Lochhamer Schlages ansitzen will. Nach seiner Aussage möchte er dort auf einen kapitalen Rehbock jagern.
Undinger kann sich ausrechnen, daß er heute abend wieder aus dem Bett geworfen wird. Der Jägerschorsch wird nach der Abendpirsch bei ihm hereinschauen und die Schuhe mit den frischen Absätzen abholen. Dem wird er aber zuvorkommen.
Als die Sonne langsam untergeht, macht sich der Gloasl auf den Weg hinaus zur Birketspitz. Die Schuhe des Zirngibl klemmt er sich unter seinen Arm.
Schon von weitem sieht er den Jagdaufseher auf seinem Hochsitz thronen. In aller Ruhe äst vor ihm auf der Wiese ein Sprung Rehe. Als er durch das nasse Gras auf den Schorsch zuschlürft, werfen sie auf. Mit ein paar kräftigen Sprüngen sind sie im Holz verschwunden. Unter ihnen ist auch ein Bock mit prächtigen Gwichtl. Er schnellt als letzter weg und schreckt lange und laut im Wald nach.
»Bist komplett narrisch word'n!« schimpft ihn der Zirngibl aus. Er hatte den Bock schon über Kimme und Korn anvisiert. Krebsrot läuft er an. Undinger hat ihm im letzten Augenblick die sichere Beute vergrämt. Dann läßt er auf den armen Schuster alle Namen, die ihm einfallen, herunterregnen.
Undinger läßt sich nicht drausbringen.
»Wichtige Nachricht!« würgt er wichtigtuerisch aus sich heraus: »Deine Schuach san fertig! Funfasechzig Pfennig macht's!« Dazu hebt er ihm seine Treter entgegen, auf denen die frischen Absätze glänzen.
Da bleibt dem Herrn Jagdaufseher der Mund offen. Sprachlos nimmt er seine Stiefel in Empfang, und ohne daß er ein weiteres Wort herausbringt, zahlt er den geforderten Betrag.

Der Katzenjäger

Mitten unterm Tag peitscht ein Schuß durch die Flur. Ganz nah am Dorf muß er gefallen sein. Von der Kammerwies her dringt der Knall, und in jeder Bauernstube kann man ihn hören. Sogar in Undingers Werkstatt ist er noch deutlich zu vernehmen.
Die Vermutung gibt den Hadernern Recht. Der Zirngibl war es, der wieder einmal sein Gewehr in Anschlag gebracht hat. Aber muß man die Leute gar schon am Mittagstisch erschrecken? Kann man sich nicht besser beherrschen? Muß man es gleich hinter den letzten Häusern des Dorfes krachen lassen?
Der Schorsch gilt als pflichtbewußter Jagdaufseher und ist darüber hinaus als treffsicherer Schütze bekannt. Auch diesmal stanzte er kein Loch in die Luft. Eine Katze erwischte es. Das hätte es nicht unbedingt gebraucht, meinten die Ortsbewohner. Er hätte das arme Luder genausogut leben lassen können.
Das ganze wäre schnell vergessen gewesen, wäre die Katze nicht ein schwarzer Kater gewesen und hätte er nicht Maunzerl geheißen. Er gehörte der kleinen Kathi und war ihr Lieblingsspielzeug. Seitdem der Schuß gefallen war, gab sich das Kind untröstlich. Es klagte Tag und Nacht und wollte gar nicht mehr aufhören.
Zirngibl ist natürlich im Recht. Da beißt die Maus keinen Faden ab. Wenn sich eine Katze zu weit vom Dorf entfernt, dann gehört sie der Katz. Dreihundert Meter billigt ihr das Gesetz zu, mehr nicht. So ein heimlicher Sohlenschleicher bringt nämlich Unruhe in das Naturgefüge. Auch wenn er sich noch so weich streichelt und noch so lieblich schnurrt, er ist und bleibt ein gefährlicher Beutegreifer. Er stellt den Vögeln nach und vergreift sich auch an größeren Tieren. Mal holt er sich ein Rebhuhn, mal muß auch ein Junghase daran glauben.
Die Kathi weint ihr Unglück allen ins Ohr. Auch dem Schuster jammert sie ihr Leid vor. Undinger ist ein Kinderfreund. Er kann die Tränen eines kleinen Mädchens nicht mit ansehen. So gut es

geht, tröstet er das Kind. Dem Jagdaufseher aber schwört er Rache.

Zu zweit müssen sie sein, um seinen Plan auszuführen. Der Geselle des Dorfschmiedes hilft ihm dabei. Sie holen zunächst den erschossenen Kater von der Kammerwies. Zirngibl hat ihn einfach liegen lassen.
Zuerst einmal fangen sie dem Jägerschorsch seinen Hund ein. Das geht gar nicht so einfach. Immer, wenn der Zirngibl von der Morgenpirsch kommt, kehrt er beim Alten Wirt ein, um ein zweites, ein nasses Frühstück einzunehmen. Bevor er sich setzt, schickt er seinen Dackel unter die Bank.
Wenn der Katzenmörder nicht hinschaut, rollen sie seinem Vierbeiner, der nie genug zu fressen bekommt, ein Radl Wurst vor die Nase. Das jeweils nächste Mal wird die Strecke, die die Leoni zurücklegt, schon ein Stück kürzer. Der Dackel steht auf und folgt den Leckerbissen zur Haustüre hinaus und um die Ecke herum. Bis sie ihn im Freien haben, ist ein ganzer Ring draufgegangen.
Zu zweit müssen sie den Köter packen, daß er nicht beißen noch bellen kann. Während ihm einer das Maul zuhält, bindet ihm der andere die Füße zusammen. Dann heißt es nichts wie auf und davon. Der Hund beginnt nämlich herzerweichend zu winseln. Sein Herr könnte ihn hören und stutzig werden.
Längst haben der Schmiedgesell und der Schustermeister die erlegte Katze ausgezogen. Ihr Fell werfen sie nun dem gefesselten Hund über, und Undinger näht ihm das Katzenkostüm am Bauch mit einigen geübten Stichen zusammen. Den Hungerdackel des forschen Waidmannes umhüllen sie mit dem Pelzmantel des wohlgenährten Hätschelkaters unserer traurigen Kathi. Der braune Jägerrüde verwandelt sich so in ein schwarzes Katzenvieh.

Nach seinem Neinabier bricht Zirngibl auf. Da ihm kein Hund folgt, stutzt er zunächst. Er schnalzt mit der Zunge, aber es erscheint trotzdem kein Dackel. Nun dreht er sich mehrmals um

die eigene Achse und schleift sich vom schrillen Pfeifen schier die Zähne ab. Sein ständiger Begleiter erscheint nicht.
Anschließend sucht er durch das Dorf. Jeden, den er trifft, tupft er auf die Schulter: »Wichtige Nachricht! Mei Hund geht ab. Hast'n vielleicht gseng?« Man gibt ihm keine befriedigende Auskunft, obwohl sich der eine oder andere Haderner bereits zusammenreimen konnte, wie unsere Geschichte wohl weitergehen wird.
Zirngibl kehrt zum alten Wirt zurück. Er legt sich noch eine Halbe über. Vielleicht hat sich sein Hund davongemacht, ist auf eine Hasenspur gestoßen und hat sich dann verjagt. Sein vierbeiniger Begleiter kommt und kommt nicht wieder. Schließlich gibt er das Tier verloren. Er läßt sich noch einmal nachschenken und spült den Grant über diesen Verlust hinunter. Als sich der Jagdaufseher endlich auf den Heimweg macht, schaukelt er bereits auf recht wackeligen Beinen dahin. Sein Drilling hängt schon etwas schief über der Schulter.
Undinger und sein Helfer schleichen ihm nach. Zirngibl kurvt umständlich zum Dorf hinaus und erreicht schließlich die Kammerwies. Jetzt lassen sie seinen Dackel aus. Das Tier hat seinen Herrn sofort in der Nase und hetzt ihm freudig erregt nach.
Plötzlich sieht der Jagdaufseher etwas Dunkles durchs Gras huschen.
»Schorsch!« sagt er zu sich verwundert: »An der Stell hast doch erst einen Dachhasen erschossen!« Die schwarze Katze drückt sich, obwohl er halblaut redet, nicht ins Gras. Sie macht sich auch nicht aus dem Staub, sondern kommt schnurstracks auf ihn zu. Zirngibl läßt sein Gewehr von der Schulter gleiten: »An mir soll's net liegen!« rülpst er nun laut.
Die Katze aber kehrt und kehrt nicht um. Sie hopst so seltsam und nimmt den Jäger an. Da dreht es dem Zirngibl die Augen heraus. Sowas hat er noch nicht gesehen. »Jessas, Mara und Josef!« hickst es aus ihm heraus. Das schwarze Fell wird immer schneller und beginnt auch noch zu winseln. Da verschlägt es ihm den Atem.
Verlegen leckt er sich drei Finger seiner linken Hand. Schnell

und heimlich zieht er sich damit am rechten Ohrläppchen. Das macht er immer so, wenn es brenzlig wird. Vor allem bevor er schießt, pflegt er dies zu tun. Dieser Griff ist sozusagen eine Art Jagdzauber.
Auch damit läßt sich das Teufelsvieh nicht einschüchtern. Unbeirrt nähert es sich ihm und fängt zu wuffen an. Ganz sonderbar wird es dem Schorsch zumute. Spätestens jetzt bereut er es, schon am frühen Vormittag eine Maß zuviel getrunken zu haben. Da beginnt die Katze auch noch zu bellen. Regelrecht schlecht wird es dem Jäger, und das Tier hat nur noch zehn Meter, dann wird es ihn anfallen.
»Tollwut, des Vieh hat Tollwut!« kommt es dem Schorsch jetzt. Immer größer und schwärzer wird das gespenstische Wesen. Der Jäger reißt sein Gewehr hoch und zwingt das Vieh vor Kimme und Korn. Der Riesenkater läßt sich davon nicht beeindrucken. »Stehenbleiben! Halt!« schreit Zirngibl. Da zieht er ab.
Der Schuß bricht. Den Kater wirft es hin, aber er ist nicht tot. Schwer getroffen, beginnt er ganz erbärmlich zu jaulen. Dazu dreht er sich im Kreis.
Zaghaft tritt der Jagdaufseher an das waidwunde Tier heran. Plötzlich kommt ihm das Jaulen bekannt vor. Aus dem schwarzen Fell schält sich ein Dackelkopf. Jetzt fällt es ihm wie Schuppen von den Augen. Er hat auf eine Katze gezielt und einen Hund getroffen. Den Mauz der Kathi hatte er im Visier, und seinen verlorengeglaubten Dackel hat er an den Boden gefesselt. Das arme Tier ist vollkommen verstört. In seinem Schmerz kann es nicht verstehen, daß sein Herr auf ihn geschosssen hat.

Trotz allem nimmt die Erzählung noch ein gutes Ende. Anscheinend hat Zirngibl seine drei Finger nicht herzhaft genug angefeuchtet. Vielleicht hat er auch in der Erregung nicht fest genug am Ohrläppchen gezogen. Sein Jagdzauber wirkte an diesem Tag nicht so richtig. Es könnte aber auch das viele Bier gewesen sein, das er beim alten Wirt getrunken hatte. Es erwies sich jedenfalls nicht als Zielwasser, sondern hat ihm den Schuß gründlich verrissen. Jedenfalls war er auf seinen Dackel zu weit hinten abgekom-

men. Nur beim ersten Hinsehen war das Tier schwer getroffen. In Wirklichkeit hatte er ihm bloß Dreiviertel seiner Rute abgeschossen.
Zirngibl befreite seinen Hund aus dem Katzenmantel und verarztete dessen Schwanzwunde. Von nun an folgte ihm sein Dakkel wieder treu bei Fuß, nur fehlte ihm jetzt ein Stück. Er ähnelte ab diesem Tag seinen größeren Brüdern, wie sie die reichen Stadtjäger auf der Jagd mit sich führen. Weit und breit war er der einzige Dachshund, der stolz seinen Rutenstummel hinauf zu den Wolken streckte. Sein eigener Herr hatte ihn kupiert, und man sprach von ihm seit diesem Tag nur noch als von »Zirngibls Vorstehdackel«.

Ein Luftschiff über Großhadern. Neben seinem Heck sieht man den Turm der alten Dorfkirche St. Peter.

Die Rache der Polizisten

In einem Punkt war der Schustermeister Undinger ein typischer Vertreter seines Volkes. Als Altbayer stand er jeder Machtanhäufung mehr als skeptisch gegenüber. Er haßte alles Hinbuckeln, selbst das Respektgeben war ihm im tiefsten Herzen zuwider. Dazu war er eben viel zu sehr eigenständige Persönlichkeit. Im Höchstfall konnte er sich dazu durchringen, die Herren in Uniform als notwendiges Übel zu betrachten.
»Da herin sitzen s' herum, und draußen werd g'stohln und g'raubt!« rutschte ihm einmal heraus, als er im Weißen Bräuhaus sein Bier bezahlt hatte und aufstand. Halblaut kam es nur über seine Lippen, aber im ganzen Gastraum konnte man es deutlich hören. Man verdruckte ein Grinsen. Die Umsitzenden wußten, worauf er anspielte. Vor ein paar Tagen war tatsächlich in einem Haderner Lebensmittelgeschäft eingebrochen worden. Viel Glas hatte man zerschlagen, eine Menge Waren war gestohlen worden, und einen Batzen Geld hatte man geraubt. Ein beträchtlicher Schaden war entstanden.
Die zwei Polizisten, die ebenfalls im Bräuhaus saßen und auf die diese Bemerkung gemünzt war, ärgerten sich grün und blau. Sie ließen sich aber nichts ankennen, merkten sich jedoch den Spötter genau. Sie nahmen sich vor, ihm diese Frechheit bei entsprechender Gelegenheit heimzuzahlen.
Die Beamten waren nämlich abgeordnet, den Diebstahl aufzuklären. Naturgemäß suchten sie die Einbrecher zunächst im Dorf. Bei ihren Untersuchungen waren sie allerdings mit wenig Fingerspitzengefühl vorgegangen und hatten sich dabei in Hadern nicht gerade beliebt gemacht.

Der Schustergloasl ist kaum eine Viertelstunde verschwunden, da läutet in der Küche draußen das Telefon. »Scho wieda ham s' im Konsum eibrocha!« ruft nach ein paar Sekunden die Wirtin aufgeregt in die Gaststube. Flink springen die Herren in Uni-

form auf die Beine. Ihr angetrunkenes Bier lassen sie stehen und klappen sich eilig ihre Schildmützen aufs Haar. Schon sind sie im Freien.
Die Polizisten hasten zu dem Geschäft. Es ist um die Mittagszeit. Der Konsum hat für drei Stunden geschlossen. Trotzdem nehmen die Beamten die Anzeige ernst. Sie beobachten alles genau und gehen sogar um den Laden herum.
»Stehenbleiben!« schreit plötzlich einer der Herren. Eine verdächtige Gestalt huscht am Zaun entlang. Die Person trägt auf ihren Schultern einen großen Buckelkorb. Außerdem hat sie ihr Gesicht vermummt. Im Moment, da der Mann angerufen wird, hüllt er sich tiefer in seinen Lodenmantel und beschleunigt seine Schritte.
»Halt, oder ich schieße!« kräht nun der andere, der Eifrigere der beiden, und reißt seine Pistole aus dem Holster. Endlich bleibt der Einbrecher stehen. Die Polizisten rennen auf ihn zu. Einer nimmt ihm den Korb ab, der eine Menge von Diebesgut enthalten muß. Der zweite Beamte reißt ihm das Tuch vom Gesicht. Mit großem Erstaunen erkennen die Uniformierten, daß es sich bei dem Gestellten um einen alten Bekannten handelt: Der Gauner ist genau der Kerl, der ihnen noch vor einer guten Viertelstunde vorgeworfen hat, sie würden nur in der Wirtschaft herumhocken. Welch ein Fang! Dem Halunken, der sich erdreistete, zwei redliche Polizisten zu beleidigen, dem würden sie es jetzt zeigen!
»Sie sind festgenommen!« heißt es sofort. Sie packen den frechen Kerl mit Schraubstockgriffen am Oberarm. Dann drehen sie dem vorlauten Burschen die Hände bis zu den Schulterblättern hinauf. Schließlich stoßen sie den unverschämten Menschen zu ihrem Dienstwagen und zwingen ihn unwirsch auf den Hintersitz.
Ab mit dem Dieb! Sie fackeln nicht lang herum. Hinein nach München mit ihm! Sie haben den Räuber auf frischer Tat ertappt. Und der Ganove trägt ja auch das Diebesgut auf den Schultern.
Im Polizeipräsidium wird er sofort dem zuständigen Kommissar vorgeführt. In dem sich unmittelbar anschließenden Verhör zeigt

sich Undinger aber alles andere als geständig. Er gibt zwar zu, daß der Buckelkorb samt Inhalt nicht ihm gehört, aber die Sachen gestohlen zu haben, bestreitet er entschieden. Man holt also den Besitzer des Geschäftes. Der Geschädigte wird mit dem Inhalt des Korbes konfrontiert. Dabei handelt es sich um unzählige kleine Bündel von Schnittlauch, Petersilie und Suppengrün. Der Lebensmittelhändler schüttelt nur den Kopf. Er verkaufe zwar auch solches Grünzeug, aber Vorräte davon, noch dazu in solchen Mengen, halte er sich nicht.
»Des Zeig hat nix mit an Einbruch z'toa!« versichert der Schustermeister unbeirrt. Da man ihm nichts Gegenteiliges nachweisen kann, erkundigt man sich nach der Herkunft der Gartenprodukte. Nach langem Fragen, und nachdem man ihn empfindlich in die Zange genommen hat, gibt er schließlich an: »Ois g'hört da Harrerin!«
Nun schickt man ein weiteres Mal nach Großhadern. Das alte Kräuterweib, das in diesem Münchner Vorort wohnt, wird mit dem Auto ins Präsidium gebracht. Die Harrerin bezeichnet den Buckelkorb als den ihren, auch die Grünzeugbündel nennt sie ihr Eigentum.
»Wollen Sie den Dieb denn nicht anzeigen?« fragt man sie.
»Koan Foi!« gibt die Alte entrüstet zurück: »Da Undinger hat ma nix gnumma. Da Undinger hat ma nur g'holfen!« Im weiteren Gespräch stellt sich heraus, daß ihr der Schustermeister nur den Korb abnahm, weil er ihr zu schwer war.

Man entläßt die beiden. Vor dem Polizeipräsidium umarmt die alte Harrerin den Schustergloasl. Sie hört gar nicht mehr auf mit den Dankeschöns und Geltsgods. Undinger ist so gerührt, daß er ihr die Schnittlauchbündel und Petersilpackerl noch hinüber zum Viktualienmarkt trägt. Dorthin schleppt das »Greidlwei« zweimal in der Woche ihren Korb voll Grünzeug, um sie den Münchner Herrschaften oder besser: deren Köchinnen zu verkaufen.
Den Schustermeister hat die Alte derbarmt mit ihrer schweren Last und ihren offenen Füßen. Schon lange hatte er versprochen,

ihr die Kraxe einmal abzunehmen und sie ihr hinein in die Landeshauptstadt zu transportieren. Er hat aber dann den Korb nicht selber geschleppt, sondern sich etwas einfallen lassen. Nicht nur die Last, auch das Gehen hat er ihr abgenommen. Besonders hilfsbereit erwiesen sich in diesem Zusammenhang die Herren in Uniform. Die Polizei, dein Freund und Helfer –, hätte man die Geschichte abschließen können, wenn es diesen freundlichen Werbespruch schon damals gegeben hätte.

Die alte Dorfstraße des einstigen Straßendorfes Großhadern (Blickrichtung nach Süden). Sie heißt heute Heiglhofstraße und ist nach dem ältesten Bauernhof benannt.

Der Waggonwirt

Wenn du den Namen »Waggonwirt« hörst, dann wirst du vermutlich nicht an Großhadern denken. Du hast auch recht. Vielleicht wirst du aber eine so benannte Gaststätte drüben in Laim suchen. Auch dieser Ort war früher ein altes Bauerndorf. Zunächst wurden seine Fluren von großen Siedlungskomplexen zugedeckt, die vor allem Eisenbahner bewohnen. Ein »Waggonwirt« würde also gut in die nordöstliche Nachbargemeinde passen. Da liegst du aber wieder verkehrt. Man findet diese Wirtschaft akkurat dort, wo man nie eine Lokomotive pfeifen hörte und nie einen ihrer Anhänger rangiert werden sah.
Der »Waggonwirt« liegt am hinteren Ende eines, von Hadern aus gesehen, südlichen Dorfes. Die Wälder spannen sich wie dunkle Vorhänge herüber in unseren Ort. Du kannst hier noch einmal, und das letzte Mal, einkehren, wenn du dich auf den ermüdenden Weg herüber in unsere Gemeinde machst.
Du mußt aber großen Durst haben, falls du dich wirklich dazu entschließt. Denn schon beim Eintreten siehst du es den verrußten Vorhängen an, daß du beim Bestellen vorsichtig sein mußt. Wenn du dich dann hinsetzt, kann es leicht vorkommen, daß du mit einem Ellbogen an der Tischplatte pappen bleibst. Spätestens jetzt wirst du dich entschließen, auf die Schluckhilfe eines Glases zu verzichten, und dir lieber gleich den von dir selbst feinsäuberlich gereinigten Flaschenhals an die Lippen führen.
»Gloasl, bist varuckt!« möchtest du deinem Nachbarn zur Linken zuzischeln, um ihn von einem Unheil abzuhalten. Aber es ist schon zu spät!
»Gibt's bei eich a Brotzeit?« fragt der Schustermeister. Sein Hunger muß unbändig sein, sonst hätte er sich besser zusammengerissen. Nun ist es aber heraußen, und er kann es nicht mehr zurücknehmen.
»Regensburger kannst haben!« duzt ihn der Großvater, den man zum Haus- und Kinderhüten daheimgelassen hat. Der Wirt ist in

der Arbeit, denn der abgelegene Bierausschank trägt nicht allzuviel, und die Frau kümmert sich ein bißchen um die kleine Landwirtschaft, die zum Anwesen gehört und wegen der es sich auch nicht rentiert, den ganzen Tag daheimzubleiben.
»Paß auf, Büble, ein Gast hat Hunger! Jetzt müssen wir zwei Waggons abhängen!« hörst du den bereits verkalkten Alten bald darauf in der Küche sprechen. Du wunderst dich über dieses unsinnige Gerede, aber da ist das Servierloch, und das steht offen. Hinter der Durchreiche siehst du, wie er sich zu dem Kind, das draußen Eisenbahn spielt, hinunterbeugt. Er unterbricht es dabei und nimmt ihm das Spielzeug ab. Der Kleine bricht in einen Weinkrampf aus. Schnell schneidet der Greis von dem Kranz aus Würsten, mit denen der Enkel eben noch am Boden rangiert hat, das letzte Paar ab. Während er die zwei Stücke in einen Topf mit Wasser wirft, bekommt das Kind den Rest zurück. Langsam tröstet es sich wieder mit seinem verkürzten Spielzeug und macht bald wieder vergnügt tschüt-tschüt und fährt mit Volldampf seine alten Runden.
Du traust deinen Augen nicht! Aber nach einer guten Viertelstunde werden die abgehängten Waggons mit Senf garniert auf einem Teller deinem Freund, dem Schustergloasl serviert. Obwohl kinderlieb, verspürt dein Nachbar, der ebenfalls Zeuge des Abkuppelns war, keinen rechten Appetit. Er läßt die Würste kalt werden und will dann Anstalten machen, sie zurückzugeben.
»Warum so heikel?« fragt der Großvater ihn mehrmals. Immer wieder schiebt er ihm den Teller zu. Dem Gloasl scheint es nicht zu schmecken.
»Gegessen wird, was auf'n Tisch kommt!« drängt ihn der Alte. Undinger schmiert nur Messer und Gabel ein. Essen tut er nichts. Dann wird unser Opa belzig. Sollte er vielleicht das Spielzeug seines Enkels umsonst gekürzt haben?
Schließlich ruckt der Alte neben den Schustergloasl. Er fischt sich das Besteck.
»Lieber an Mag'n verrenkt, als an Wirt was gschenkt!« argumentiert er auf seine Kosten und zu Undingers Gunsten. Dann führt er einen Bissen nach dem anderen an dessen Mund. Willenlos

läßt der Schustergloasl die Brocken hinter seine Lippen schaufeln. Manchmal sieht man gar nur das Weiße in seinen Augen, so muß er würgen.
»Wär no schöner. Erst bstelln und dann net essen wolln!« murrt der Großvater. Er duldet keinen Widerspruch und läßt auch kein Ausweichen zu. Erst als der letzte Happen in des Gastes Schlund verschwunden ist, gibt er Ruhe.
Du triffst ihn wieder vor der Tür, den Haderner Sohlenflicker. Seine Freunde drängen sich um ihn herum. Du wirst Zeuge, wie sich ihr seit langem angestautes Lachen endlich Luft machen kann. Die Hälse wollen ihnen schier platzen. Außerdem bist du noch dabei bei einer Taufe. Du erlebst, wie der Bierausschank in »Waggonwirt« unbenannt wird. Und vor allem siehst du verständnisvoll zu, wie man sich voll Mitleid um den schwergeplagten Schuhmachermeister bemüht. Fürsorglich legt man ihm die Hand auf die Schulter. Man fragt ihn, wie er sich fühle und ob er denn ein Riese sei, da sein Magen tatsächlich zwei vollständige Eisenbahnanhänger aufnehmen konnte.

»Beim Anderl« und der »Schneck« in Kleinhadern. Im Hintergrund sieht man den Spitzweghof. Das linke Haus und der Spitzweghof stehen heute noch.

Die weiße Frau

Wenn man nicht genau hinschaut, meint man, zwei Leute stehen dort. In Wirklichkeit ist es aber anders. Zuerst einmal ist eine Staffelei aufgestellt. Sie hat weitgegrätschte Beine, und drauf liegt ein Rahmen mit Leinwand. Aus der Ferne erinnert er an den Brustkorb eines Menschen. Was drüber hinausreicht, das Stück von dem Gestell, das könnte man aus weiterem Abstand für einen Kopf halten.
Erst hinter dieser Anrichte befindet sich der Maler. Er steht ebenfalls breitbeinig da. Er hat einen Umhang über seine Schultern geworfen. So wirkt seine Gestalt noch mächtiger. Dieser ärmellose Mantel muß außerdem sehr wertvoll sein, denn sein Kragen ist mit einem dunkelglänzenden Pelz besetzt. Dazu trägt der Künstler noch einen Hut. Der hat eine breite Krempe.
Auf der Leinwand entstehen der Reihe nach Ställe und Bauernhäuser. Langsam wächst auch der Kirchturm von St. Peter in die Höhe. Der Dorfweiher ist schließlich zu erkennen. Ein paar Enten schwimmen drauf. Eine Idylle ist im Werden, wie man sie heute noch erahnen kann, wenn man sich drunten neben dem Weißen Bräuhaus aufstellt und die Heiglhofstraße hinaufschaut. Nur brüllt inzwischen in den Stallungen kein Rind mehr, und auf den Höfen hört man keine Hühner mehr gackern. Stallungen und Höfe sind zu Wohnungen umgebaut, oder Firmen haben drinnen ihre Niederlassungen bzw. ihre Lager errichtet. Der Dorfweiher ist ganz verschwunden. An seiner Stelle plätschert heute der Brunnen mit dem bekannten »Haderner Hahn«.
Der Mann, der dieses Bild malt, er kann was. Das sieht man seinem Werk an. Beschwingt setzt er seine Striche. Die Farben, die er hermischt, schmeicheln einem angenehm ins Auge. Alles scheint perfekt zu sein an dem Maler. Nur eine Kleinigkeit fällt an ihm auf: Während er auf seine Leinwand aufträgt, murmelt er ständig vor sich hin.

Meister Undinger sitzt den ganzen Tag auf seinem Schusterschemel. Während er ausgerissene Nähte ausbessert oder Spitzen aufdoppelt oder abgelaufene Absätze erneuert, schaut er durch sein Werkstattfenster. Er beobachtet den Künstler, wie der den Nachmittag lang in sein Gemälde hineinpinselt und hineinredet. Das kommt ihm höchst seltsam vor.
»Muaß ma zum Bildlmalen denn dauernd an Mund offen haben?« fragt sich der Haderner Gloasl mehr als einmal. Als es sechs Uhr schlägt, macht er Feierabend. Er legt seinen Hammer weg und hängt seinen Schurz an den Nagel. Dann geht er zu dem Mann mit dem breiten Hut und dem weiten Mantel hinunter.
»Rückständig! Wie rückständig man hier ist!« hört er den Künstler schnarren, während er um ihn und um seine Staffelei herumgeht und sein Bild gebührend bewundert. Sein schnelles, sein krächzendes Sprachgebell verrät dem Schustermeister, daß der Mann zwar in der Landeshauptstadt drinnen wohnen wird, aber daß er sicher kein geborenes, oder wie man auch sagt: waschechtes, Münchner Kindl ist.
»Hier lebt man ja noch wie vor Jahrhunderten!« krächzt der Maler weiter. Undinger läßt sich von dem Gerede nicht irritieren. Er schaut dem Maler zu, wie er die Farben auf seiner Palette mischt und wie er sie dann ins Bild setzt. Und ohne daß er es so recht will, wird er von dem Mann mit dem breitrandigen Hut in ein Gespräch hineingezogen.
»Die Enten verschmutzen den Dorfweiher! Sein Wasser sickert anschließend in die Brunnen!« Der Gloasl ärgert sich über den siebengescheiten Maulhelden, der an allem hier im Dorf etwas auszusetzen hat. Er läßt sich aber nichts anmerken und geht wenigstens vordergründig auf das Geschnatter des Menschen im pelzbesetzten Mantel ein: »Jaja! So fortschrittlich wie die drin in der Stadt sind wir leider noch nicht!«
»Elektrisches Licht wird man hier erst recht noch keines haben. Man wird wohl mit den Hühnern ins Bett steigen!« meckert der Maler weiter. Undinger verbeißt sich seine Wut über den hochnäsigen Kerl und antwortet gelassen: »Strom hamma scho, aber

aufbleim' tean ma nia lang. Nachts gespensterts nämli durch unsa Dorf!«
»Das darf es doch nicht geben!« bläst nun der Künstler aus sich hinaus. Er fühlt sich in seiner Einschätzung bestätigt: »An Gespenster glauben die Leute auch noch! Man lebt hier wie im Mittelalter!«
»Vor der weißen Frau hat jeder Angst!« fährt der Gloasl unbeirrt fort.
»Weiße Hexen und schwarze Teufel! Das paßt zusammen! Das ist doch kein Dorf hier! Ein Nest ist das, ein verkommenes!«
»Die weiße Frau hat no jedem a Gänshaut verschafft!«
»Gibt es denn hier keine Männer, die diesem Spuk ein Ende bereiten?«
»Scho oft hat ma's versucht! Die weiße Frau kriagn ma net o!«
»Die Dame sollte einmal mir begegnen . . .«
»Die weiße Frau laßt neamand aus!«
»Die Dame sollte mir einmal begegnen, der würde ich zeigen, was ein akademischer Kunstmaler ist!« gibt der aufgebrachte Mann entrüstet zurück.
So unterhalten sich der Künstler und der Handwerksmeister. Langsam fällt die Sonne in den Lochhamer Schlag. Sie zaubert über das Dorf eine feurige Abendstimmung. Das Glühen und Glimmen bannt der Maler ebenfalls in sein Gemälde.
Da stupst ihn Undinger an: »I daat jetzt mei Zeig einpacka!«
»Warum denn?« knurrt der Künstler, der gerade so richtig in Fahrt ist.
»Freitag hamma!« tut nun der Schustergloasl geheimnisvoll: »Da is' imma unterwegs!«
»Wer denn?«
»De weiß' Frau!«
»Ich werde nicht verschwinden, ich kenne keine Angst!« erwidert der Maler beleidigt.
Undinger sagt nun nichts mehr. Kleinlaut schleicht er sich davon. Kaum ist er aber um die nächste Ecke, rennt er in alle Haderner Höfe und informiert deren Bewohner. Schnell holen

die Bauern ihre Kinder von der Straße und hängen dann ihre Hunde an. Langsam verlöschen in den Häusern die Lichter.

Als der Maler gerade seine letzten Farbkleckse ins Bild tupft, sieht er über die Dorfstraße eine weiße Gestalt huschen. Er erschrickt so, daß ihm die Palette aus der Hand fällt.
»Verflixt und zugenäht!« schimpft er. Nun ärgert er sich doppelt. Zum einen hat ihn die so komisch verkleidete Person trotz all seiner tapferen Voraussagen aus der Fassung gebracht, zum anderen liegen jetzt seine teuren Ölfarben im Dreck. Er hebt seine Staffelei etwas zur Seite. Da sieht er, daß das weiße Wesen neben einer Hofeinfahrt stehen bleibt. Es dreht sich um, und es scheint ihm zu winken.
»Was soll das?« schreit er zur hellen Gestalt hinüber. Das Gespenst gibt ihm keine Antwort. Es verschwindet stattdessen hinter dem Stadel. Noch einmal greift eine weiße Hand hinter der Mauer hervor. Ein weiteres Mal winkt der Geist und ist dann endgültig verschwunden.
»Dir Bauerntölpel, dir werde ich es zeigen! Mich so zu erschrekken!« droht der zornige Maler. Dann zieht er seinen Hut tiefer ins Gesicht und schlingt seinen Mantel enger um den Leib. Er spurtet über die Straße. Hinter dem Stadel sieht er die helle Gestalt wieder. Sie scheint auf ihn gewartet zu haben. Mit weit ausholenden Schritten steigt sie um die nächste Ecke des Gebäudes. Hier hält sie wieder kurz an und winkt erneut.
»Du wirst mich nicht nochmal zum Narren halten!« bellt nun der Maler. Er beißt sich auf die Zähne und beschleunigt seine Schritte. Er will die weiße Frau erwischen, koste es, was es wolle. Vor allem aber will er dem, der hinter dem Bettüberzug steckt, beweisen, zu was ein Kunstmaler alles fähig ist.
Wie ein Wilder schießt er um die Mauerkante. Vor ihm liegen einige Bretter. Er könnte ihnen ausweichen, doch das kostet einige Zeit. Also springt er drüber. Das weiße Wesen ist höchstens noch vier Schritte von ihm entfernt. Er ballt schon die Fäuste, denn er will dem Kerl, der ihn da für dumm verkaufen möchte, eine Tracht Prügel verabreichen.

Da knackst es. Die Bretter brechen ein. Der Maler rutscht in ein Loch. Gleich darauf klatscht er in eine Brühe. Er taucht unter. Er rudert durch den dicken Brei und kommt endlich auf die Beine. Als er die Augen öffnet, ist es plötzlich ganz weiß um ihn. Er steht in einer fettigen Suppe, wie sie noch vor fünfzig Jahren hinter jedem Bauernhaus zu finden war. In ihr löschte man den Branntkalk mit Wasser ab und stach ihn dann schaufelweise heraus, wenn man die Wohnung oder den Stall weißstreichen wollte. Der Kunstmaler stemmt sich nun, weißer als die weiße Frau, aus seiner Fallgrube. Umständlich schüttelt er sich ab. Bedrückt kehrt er zu seiner Staffelei zurück. Die weiße Frau hat ihn gelehrt, daß man ein gesundes Bauerndorf wie Großhadern nicht ungestraft ein verkommenes Nest heißen darf.

Das ehemalige Leichenhaus und »der Soyer« von der Marchioninistraße aus gesehen. Heute steht an dieser Stelle das Café Widmann. Der Zaun links ist noch erhalten.

Der Vorschmecker

»Warum versteht der Loisl überhaupt keinen Spaß mehr?« fragt Undinger ahnungslos beim Schienhammer in Kleinhadern drunten. Der Gruber ist ein Schulfreund von ihm, und er hat ihn lange nicht mehr gesehen. Einst war er ein lustiger Bursch und für jeden Blödsinn zu haben. In letzter Zeit macht er jedoch stets ein Gesicht wie drei Tage Regenwetter. Will man ihn ansehen, weicht er einem aus. Lieber versteckt er seine Blicke droben an der Zimmerdecke, oder aber er dreht einem gar das Weiße seiner Augäpfel zu.

»'s Resei is schuid«, erhält der Gloasl als Antwort. Als er darauf immer noch unwissend mit der Achsel zuckt, wird man direkter.

»Sie will nichts von ihm wissen!« heißt es nun klar und unmißverständlich.

Das Resei ist eine Resche. Sie bedient beim Schienhammer, und seit jeher schleichen die Männerblicke um ihre stattlichen Rundungen herum wie junge Katzen um einen Milchnapf. Beim Gruber Loisl ist es aber dabei nicht geblieben. Er hat sich regelrecht in die fesche Kellnerin verschaut. Nun ist es klar, daß nicht jeder Deckel auf jeden Topf paßt. Aber daß das Resei ihn deshalb auch noch verspotten muß, das hätte es nicht gebraucht. Der Kleinhaderner Landwirt ist der Frauensperson auf Gedeih und Verderb ausgeliefert, und sie macht sich über die Tatsache, daß er sie gern als seine Bäurin gesehen hätte, nur lustig. Extra viele Männerbekanntschaften geht sie nun grad mit Fleiß ein, um ihn noch mehr zu demütigen.

Sie hängt sich sogar an den Nachbarn des unglücklich Verliebten. Und wie es der Teufel will, beißt dieser auch an. Was man nicht für möglich gehalten hätte, aus einem Techtelmechtel wird etwas Ernsthaftes. Das unverschämte Weibsbild stachelt jetzt ihren neuen Tschamsderer an, den Gruber mit ihr gemeinsam zu derblecken.

Von Haus aus ist der Loisl kein auf den Mund Gefallener. Aber um richtig herausgeben zu können, dazu hat es ihn zu schwer erwischt. Je mehr ihn die Neckereien treffen, um so tiefer schiebt er seine geballten Fäuste hinein in die Hosentaschen. Er würde sich ja gerne wehren, aber in dem Moment, wo es gilt, schlagfertig zu sein, da ist seine Zunge wie gelähmt.
Undinger begreift langsam, welch übles Spiel da mit seinem Freund, mit dem er einmal die Schulbank gedrückt hat, getrieben wird. Ihm tut der Loisl leid. Er rutscht den Tisch hinauf und prostet ihm zunächst einmal vorsichtig zu. Dann wechselt er ein paar unverbindliche Worte mit ihm. Nach und nach schöpft der Geprellte Vertrauen. Schließlich steckt man die Köpfe zusammen. Endlich hat der Gruber jemanden gefunden, dem er sein gequältes Herz ausschütten kann. Angeregt redet man noch eine gute Stunde hin und her.

Trotz ihres liederlichen Lebenswandels bringt es die Kellnerin so weit, daß sie ihr neuer Freund heiratet. Während man sich in der Kirche droben das Jawort gibt, sitzen der Gruber und der Undinger bereits im Wirtshaus drunten zusammen. Der Loisl und der Gloasl beobachten, wie man draußen im Saal die festliche Tafel schmückt. Als die Hochzeitsglocken läuten, wendet man sich wieder eilig der Küche zu. An den Braten muß eine knusprige Kruste kommen, und es ist jetzt höchste Zeit, die Knödel einzulegen.
Diese Gelegenheit nutzt der Loisl. Er schleicht sich hinaus in den Saal. Lange bleibt er dort unbeobachtet. Da entdeckt ihn eine Aushilfskellnerin am Platz des Brautpaares.
»Gell, da taatst jetzt aa gern sitzen?« rutscht es ihr heraus. Den Gruber scheint aber diese Bemerkung diesmal nicht besonders zu bedrücken. Er schluckt ein seltsam trockenes Lachen hinunter. Gut gelaunt kehrt er dann zu seinem Freund zurück und rutscht neben ihm auf die Fensterbank.
Als der Brautzug das Wirtshaus erreicht, drücken sich die beiden in die hinterste Stammtischecke. Auf eigene Rechnung bestellen

sie sich einen Schweinsbraten. Sie schmausen und schmatzen ihn mit Appetit hinunter und sehen der Hochzeitsgesellschaft zu, wie die dasselbe tut.
Auch im Festsaal draußen gibt man sich gutgelaunt. Übermütig scherzt das frischvermählte Paar mit seinen Gästen. Aber nach einiger Zeit trübt sich die Stimmung. Die Braut ruckt auf ihrem Stuhl hin und her. Schließlich kann sie nicht mehr sitzen und ist für eine Weile verschwunden. Nach längerer Zeit kommt sie wieder, ist aber auf eigenartige Weise blaß. Sie ißt und trinkt nichts mehr. Nach dem Brautwalzer verschwindet sie mit ihrem frischangetrauten Mann endgültig. Die festlich Versammelten müssen ohne die Hauptpersonen weiterfeiern.
Am Stammtisch dagegen geht es schon recht zünftig zu. Man hat gut gespeist und mit einigen Halben ausgiebig nachgespült. Seit langem sieht man den Gruber Loisl wieder richtig lachen. Je lustiger die Kapelle im Saal zum Tanz aufspielt, desto ausgelassener wird der verschmähte Liebhaber in der Gaststube. Das Bier macht ihn redselig. Quietschfidel zupft er einmal den Rechentaler am Ärmel. Der verläßt für ein paar Minuten die Feier und setzt sich zu ihm. Umständlich bekommt er etwas ausgedeutscht. Bald darauf wanken Loisl und Gloasl nach Hause.
Nach und nach sickert aus des Rechentalers Mund des Grubers Rache in die Ohren aller Hochzeitsgäste. Man schüttelt zunächst den Kopf und spielt auch empört. Aber all das geschieht mehr vordergründig. Im Grunde läßt man sich nicht weiter drausbringen. Man scherzt und tanzt und trinkt in die Nacht hinein. Heute sind die Lacher endlich einmal auf des Loisls Seite. Das Resei hat aber zum Spott noch den Schaden. Viel zu früh liegt sie im Bett. Der Bräutigam muß ihr die Hand halten und einen feuchten Waschlappen auf die Stirn legen.

Noch heute kann man bei uns am Stadtrand den einen oder anderen Haderner beobachten, wie er vor dem Speisen alle Besteckteile gründlich mit der Serviette nachpoliert. Das könnte jemand sein, der damals bei der Hochzeit dabei war. Es könnte sich aber auch um eine Person handeln, die von Vater oder Mutter diese

Geschichte erzählt bekommen hat. Auf jeden Fall will diejenige oder derjenige zeigen, daß sie bzw. er aus dem Gruber Loisl seiner Rache eine Lehre gezogen hat. Vor allem aber will man damit verhindern, daß es einem ähnlich ergeht wie damals der unverschämten Braut.
Der geprellte Liebhaber hatte sich nämlich in recht schändlicher Absicht an den Ehrentisch des Hochzeitspaares geschlichen. Als ihn niemand sah, träufelte er ein gewisses Öl auf eine Serviette und rieb damit den Löffel, die Gabel und das Messer des Brautbesteckes sehr gründlich ein.

Die einstige Tafernwirtschaft »Alter Wirt« in der Heiglhofstraße ist in Grundzügen noch heute erhalten. Man nennt das Gasthaus jetzt »Wachau«.

Die Teufel vom Lochholz

Veitl hieß er, und ein Kuhhirt war er. Vor Tagesgrauen holte er das Vieh bei den Bauern ab und trieb es hinaus auf die Weiden oder in den Wald. In der Abenddämmerung brachte er dann die Rinder auf die Höfe, in die sie gehörten, zurück.
Hüter waren die Jahrhunderte herauf arme Hunde. Und diese Feststellung ist wohl noch eine Übertreibung. Nie hatten sie genug zu kauen. Die Lumpen, die ihnen von den Schultern hingen, konnte man kaum als Gewand bezeichnen. Nachts schliefen sie im Gemeindehaus. Das war fast immer eine halbeingefallene, mit Stroh bedeckte Hütte. Ein Bett konnten sich diese mittellosen Menschen nicht leisten. Sie schütteten sich etwas Heu auf den Boden und nächtigten darauf.
Der Veitl vegetierte also mehr dahin, als er lebte. Dazu kam, daß ihn die Natur nicht gerade mit geistigen Gaben übermäßig ausgezeichnet hatte. Reden wir nicht lange um den Brei herum: er war schwachsinnig. Im strengen Wortsinn traf es zwar nicht zu, denn die Sinne dieses Naturmenschen waren durchaus scharf. Nur die Instanz, die hinter seinen durchaus wachen Sinnen lag, arbeitete halt langsam, verdammt langsam halt.
Er sorgte sich um das Vieh, das man ihm anvertraut hatte. Er liebte Tiere über alles. Und so konnte er sich sein eigenes Brot verdienen, und er brauchte nicht in einer Anstalt leben.
Der Hüter stammte nicht aus Hadern. Drüben an der Würm war er zu Hause. Das Vieh der etwas weiter entfernten Nachbargemeinde weidete er hinein in den nach ihr benannten Grenzforst.
Die Lochhamer ließen nichts auf ihren Veitl kommen. Er hielt ihr Vieh zusammen. Eine glückliche Hand habe er, so sagte man. Niemals hatte sich unter seiner Hut ein Rind verletzt oder war abhanden gekommen. Die Haderner dagegen waren nicht so gut auf den Hirten zu sprechen. Er hielt sich oft am Rande zu ihrer Gemarkung auf. Und nicht selten kam es vor, daß der Veitl am Nachmittag schon bzw. gegen den Abend zu, an einen Baum ge-

lehnt, einschlief. Sein lautes Schnarchen deuteten seine Rinder sofort richtig. Sie verließen unverzüglich den Lochhamer Schlag, wo unter den dunklen Fichten nur karge Kost wuchs. Gierig grasten sie hinaus auf die Haderner Flur. Hier konnten sie sich den Pansen schneller und ausgiebiger vollschlagen.
Natürlich schimpfte man den Veitl. Man beschwerte sich auch drüben in der Nachbargemeinde. Wenn es auch lange dauerte, schließlich kapierte der Hüter, worum es ging. Er riß sich eine Woche oder zwei zusammen, aber dann passierte es aufs neue: er schlief wieder ein. Die Lochhamer Rinder gingen ein weiteres Mal auf der Haderner Gemarkung zu Schaden.
In der letzten Zeit scheint es ganz aus zu sein mit dem Hirten. Fast jeden Nachmittag hört man ihn schnarchen. Da helfen alle Beschwerden nichts mehr. Da muß man selbst etwas unternehmen. Die Haderner Bauern gehen zum Schustermeister Undinger. Er soll sich etwas einfallen lassen, meinen sie, das besser wirkt als das ständige Mahnen und Schimpfen.

Wieder einmal ist der Veitl eingeschlafen und sägt gemütlich dem Abend entgegen. Seine Kühe stehen außerhalb des Waldes und lassen es sich auf den Wiesen und Feldern der fremden Gemeinde gutgehen. Hinter den Fichten und Hainbuchen aber werkt und fetzt ihr Hirte. Er ist in tiefen Schlaf versunken. Hier unter den Nadeln und Blättern ist es angenehm kühl. Langsam wird es schon dunkel.
Da schleicht sich der Gloasl heran. Er ist nicht allein. Hinter ihm her steigt der Schmied. Auf ihren Schultern tragen sie eine lange Stange. Daran hängt an einer eisernen Kette ein Feuergitter. Es stammt aus der Werkstatt von Undingers Begleitung. Die darauf liegende Kohle brennt durch den Luftzug des Transportes lichterloh.
Leise hängen sie das Gestell zwei Meter vor dem Schlafenden an einen Ast. Rote Lichterzungen flackern hoch. Die Flammen knacksen und knistern. Gespenstisch leuchtet das züngelnde Rot den Unterstand aus.
Schnell schwärzen sich Schuster und Schmied die Gesichter.

Dann beginnen sie schauderhaft zu schreien und grauenhaft zu brüllen. Sie nehmen sich bei der Hand und tanzen ums Feuer.
Der Hirte schnarcht noch einmal laut auf. Er verschluckt sich und wird wach.
Als er die schwarzen Gestalten vor dem rot flackernden Kohlenbrand tanzen sieht, dreht es ihm die Augäpfel heraus. Es dauert eine Weile, bis er begreift. Dann erst erschrickt er und wird gleich darauf leichenblaß. Mit offenem Mund starrt er die beiden Gespenster an.
Nun läßt er sich umfallen und will davonschleichen. Aber das lassen die beiden Handwerksmeister nicht zu. Sie packen den Veitl an beiden Händen und zwingen ihn, im Kreis mit ihnen um das Feuer zu hüpfen. Wie wild verrenken sie sich dabei die Beine und verdrehen sich dazu die Arme. Mit dem Blick auf die Gegenwart könnte man sagen, sie waren wohl die ersten Haderner Discotänzer.
Unter derben Rippenstößen zwingen sie den Veitl, mitzumachen. Auch er muß seine Gliedmaßen von sich werfen und vor allem seine Knie bis hinauf an sein Kinn spitzen. Dazu hat er markerschütternde Schreie auszustoßen.
Dann fangen der Schuster- und der Schmiedteufel auch noch zu singen an. Dazu blasen sie ins Feuer, daß es noch höher auffächert:
»Hiata war'n ma wia da Veitl früha,
eigschlaffa san ma an jeda Stell,
Ham net g'schaut auf unsre Küher
drum braten mia jetzat in da Höll!«
Auch der Hirte mußte den Vers lernen. Es dauerte lange, bis er ihn einigermaßen konnte. Man schmierte ihm das Gesicht rußig und steckte ihm einige glühende Kohlen in die Hosentaschen.
Dann zog man ihn brüllend tiefer hinein in den Lochhamer Schlag. Als er sich nicht mehr auskannte, ließ man den Verängstigten allein. Schnell eilten der Gloasl und sein Helfer zum Feuer zurück. Sie löschten es und kehrten mit dem Gitter der Esse ins Dorf zurück.

Der Veitl wirkte in der nächsten Zeit arg verstört. Von nun hielt er sich stets tief im Lochhamer Schlag auf. Er lehnte sich an keinen Baumstamm mehr, um etwa ein kleines Nickerchen zu machen. Nie mehr trieb er seine Rinder an den Haderner Waldrand. Streng achtete er darauf, daß er die Gemarkungsgrenzen nicht überhütete. Seiner Meinung nach hielten sich nämlich dort Teufel auf. Sein Leben lang ließ er sich diesen Unsinn nicht mehr ausreden. Er wollte auf keinen Fall in die Hölle kommen, denn eine Kostprobe von ihr hatte er bereits einmal erhalten. Die habe ihm genügt. Lauters Tanzen und lauters Brüllen und Verse-Auswendiglernen, und glühende Kohlen in den Hosentaschen –, nein, nein, das sei nicht nach seinem Geschmack.

Die Dorfschmiede in Großhadern mit Erntegeräten. Der Schmied verläßt gerade das Tor seiner Werkstatt.

Nach der Freinacht

Es ist Sonntag, und man feiert das Maibaumaufstellen. Nach der Kirche trifft man sich unter der zwanzig Meter hohen und prächtig geschmückten Fichte. Auch Meister Undinger mischt sich unter die Feiernden. Ihm ist heute allerdings alles andere als festlich zumute. Bedrückt sieht er aus, und das ist eigentlich noch eine Beschönigung. Dumpf stiert er vor sich hin, so müßte man wahrheitsgemäß sagen, wenn man seine Stimmungslage richtig treffen will. Von gestern auf heute war eine Freinacht, und der Gloasl hatte vergessen, seine Werkstatt zu verrammeln. Nun fehlen ihm sein Schusterschemel und noch so einige Kleinigkeiten, die ihm morgen bestimmt abgehen werden, wenn wieder ein normaler Arbeitstag beginnt.
Wie jedes Jahr nimmt man unter dem weiß-blau bemalten Baum Platz und trinkt eine Maß aus dem rasch aufgeganterten und frisch angezapften Faß. Die Umstehenden lassen es sich schmekken und versuchen den Schuhmachermeister aufzuheitern.
»Du warst mit deine lange Hax'n amoi da beste Maibaumkraxler«, erinnert man den Gloasl an seine einstigen Erfolge bei einem uralten Brauch, den man auch heute wieder aufleben läßt. Aber auch das kann den Schuster nicht fröhlicher stimmen. Während man die Buben und Burschen anfeuert, sich die geschälte Fichte bis zu den Wurstkränzen hinaufzuschieben, glotzt Undinger über die Felder. Er macht halt ein »Goaßgschau«, das heißt, seine Blicke hängen irgendwo im Leeren. Und davon kann ihn niemand und nichts abbringen.
Gestohlen wird man ihm seine Sachen nicht haben, dessen ist er sich sicher. Man wird ihm irgendeinen Streich gespielt haben, um ihm eins auszuwischen. Und das wird eine Gaudi geben, denn normalerweise ist er es ja, der die Leute im Dorf, und das gar nicht so selten, auf den Arm nimmt.
»So scheene Taferl san auf den Baum naufgsteckt«, fängt Undingers Nachbar von neuem an. Man will des Gloasls Blicke unbe-

dingt die weiß-blaue Stange hinauflenken. Endlich, nach vielen vergeblichen Versuchen, gelingt es auch. Der Meister hebt gleichzeitig mit seinem Maßkrug die Augen. Dort droben an der Riesenfichte, etwa auf halber Höhe, wo die Handwerksberufe aufgemalt sind, fehlt der alle Jahre so fleißig hämmernde Schuster, der an seine tägliche Arbeit erinnern soll. Dieses Mal ist alles viel wirklichkeitsnäher gestaltet. An der seitlichen Querstrebe hat man mit einer Zwinge seinen Schusterschemel angeschraubt. Auf ihm liegen ein paar Leisten und ein Hammer.

»Des is ja mei . . .«, schießt es plötzlich dem Undinger aus dem Mund. Weiter kommt er nicht. Ein schallendes Lachen unterbricht ihn. Er ist geradezu erschrocken, doch das hat er verbergen können. Jetzt ärgert er sich mächtig, aber auch das läßt er sich nicht anmerken.

Fieberhaft überlegt er hin und her, wie er sein Besitztum herunterbekommen könnte. Nach einer Weile winkt er sich ein paar Burschen heran. Jedem von ihnen verspricht er eine ganze glänzende Mark, wenn sie auf den Baum, an dem sie eben noch nach den Würsten schnappten, hinaufklettern und seinen Schemel und sein Werkzeug herunterholen. Das lassen die sich nicht zweimal sagen. Aber schon sind da derbe Vaterhände, die jeden Versuch dazu energisch unterbinden.

In seiner Verzweiflung wendet sich der Gloasl schließlich an einen Burschen, der ein bißchen als Grobian verschrien ist, aber als guter Kletterer gilt.

»As nächste Paar Schuach dopple i dir umasunst«, verspricht er ihm, wenn er ihm seine Sachen bringt. Aber soweit kommt es nicht, denn wortlos drohend umstellen einige Haderner Landwirte die bemalte Fichte. Ihre breiten Schultern lassen niemand an den Stamm.

Endlich dämmert es dem Schuster, worauf man hinauswill. Niemand darf ihm helfen. Er soll den Weg hinauf zu seinem Schemel und zu seinen Leisten mit eigener Muskelkraft zurücklegen. Wie er es vor langer Zeit als Lausbub so geschickt gemacht hat, muß er auch heute, unter der Derbleckerei des ganzen Dorfes, hinauf auf den Maibaum kraxeln.

Einen Schluck nach dem anderen nimmt der Gloasl aus seinem Maßkrug. Das Bier schmeckt ihm nicht. Viel Spott heißt es zu ertragen, wenn er auf den Maibaum kraxeln wird. Aber es gibt keinen Ausweg. Wohl oder übel wird er in den sauren Apfel beißen müssen.
»Tüat-tuät-tuät«, gellt plötzlich die Feuersirene. »Beim Moserbauern brennt's!« ruft man aufgeregt durcheinander. Sofort rumpelt man mit dem Spritzenwagen zum Dorf hinaus. Das restliche Volk zieht zu Fuß hinterher. Wer nicht helfen kann, will wenigstens gaffen.

Es dauert nicht lange, da kehrt man wieder zurück. »Fehlalarm!« heißt es. Nur Undinger war allein zurückgeblieben. Er sitzt noch immer an seinem alten Platz. Man läßt sich nieder und holt sich eine frische Maß. Dann stößt man an. Im Grunde ist man froh, daß kein Brand ausgebrochen ist.
»Da fehlt doch was!« Plötzlich spießt jemand zum Maibaum hinauf, den man zwar vor längerer Zeit gebührend bewundert, inzwischen aber fast schon vergessen hat. Und tatsächlich, dort oben ist das Schuhmacherhandwerk nicht mehr vertreten. Wo vor kurzem noch der Schemel klemmte und die Leisten lagen, streckt sich jetzt eine nackte Querstrebe vom Baum weg.
Wie gebannt gaffen alle Dorfbewohner die Brauchtumsfichte hinauf. Dann sinken ihre Blicke langsam herunter und bleiben auf dem Schustergloasl liegen. Der kann nicht umhin, ein breites Grinsen aufzusetzen.
Der Bürgermeister, der die Lage als erster richtig erfaßt, meint trotzig: »Morgen wär so Probealarm gwesen!« Gelassen setzt er nach: »Den hast uns daspart!«
Dann lacht man gemeinsam, so wie man schon lange nicht mehr miteinander gelacht hat. Einem nämlich, der sich zu helfen weiß, einem der sich seiner Haut mit List zu wehren weiß, den nimmt man nichts übel, den hat man seit jeher geschätzt in einem Dorf wie Großhadern.

Zwei Engländer

Der Gfellner ist ein Großhaderner, der gern jede Mode mitmacht. Er gehört zu den hektarschweren Landwirten im Dorf, die sich das auch leisten können. Als die Kraftwagen aufkommen, kauft er sich sofort einen. Es ist ein offenes Gefährt. Um sich gegen den Fahrtwind und gegen nasses Wetter zu schützen, legt er sich eine Lederhaube und Brille zu. Er will auch sportlich erscheinen. Deshalb kauft er sich eine Jacke aus dickem englischen Karostoff. Außerdem schlüpft er in eine dazu passende Knickerbockerhose.

Der Herr Ökonom ist sehr stolz auf sein Automobil. Wenn darauf die Rede kommt, spricht er nur von seiner Limousine. Sobald es seine Arbeit erlaubt, holt er sein Fahrzeug aus der Garage und putzt und poliert daran. Wenn dann kein Stäubchen mehr auf dem Lack zu finden ist, macht er sich auf zu einer Spazierfahrt.

So ein Ausflug läuft immer nach den gleichen Regeln ab. Zunächst knattert er ein paar Mal die Dorfstraße hinauf und hinunter. Jeder Haderner soll ausgiebig Gelegenheit haben, ihn gebührend zu bewundern. Dann hält er vor der Schusterwerkstatt. Der Gloasl ist sein Freund, und ihn lädt er jedesmal ein, mit ihm zu reisen. Was den Meister betrifft, der hängt ebenfalls zwischendrin mal gern seinen Schurz an den Nagel.

Auch heute schwingt sich Undinger neben dem Gfellner auf den Ledersitz. Vergnügt zuckelt man los. Wie schon oft trachtet man hinüber nach Sendling, um dort einen alten Bekannten abzuholen.

Man hat schon die halbe Strecke zurückgelegt, da will das Auto nicht mehr. Es ruckt noch einmal, dann bleibt es endgültig stehen.

Der Gfellner dreht an jedem Knopf, und er zieht alle Hebel. Er schaut in den Tank und haut mit dem Fuß wütend gegen die

Motorhaube. Das alles bringt nichts. Sein Wagen will nicht mehr weiter.
»Undinger!« sagt er schließlich enttäuscht zu seinem Freund: »Jetzt huift nur no oans! Jetzt hoaßt's schiab'n!«
Unser Schustergloasl kann den Automobilisten in so einer Notlage unmöglich im Stich lassen. Er springt ab, geht nach hinten und stemmt sich ein. Undinger ist ein langer und sehniger Mann. Es dauert nicht lange, dann bringt er den Wagen ins Rollen.
»Wenigstens bis Sendling wenn ma kammatn!« spornt ihn der Lenker des Gefährts an. In diesem Dorf wohnt der Sohler. Wie der Gfellner ist das ein gutgestellter Ökonom und ebenfalls Kraftwagenbesitzer. Er versteht auch etwas von Technik, und man will ihn sowieso aufsuchen.
Die Sonne sticht vom Himmel. Undinger spitzt seine Knie. Mit aller Kraft drückt er hinein ins Blech. Er bringt den Wagen voran, aber es geht nur im Schneckentempo. Bald hängt dem Schuster die Zunge heraus. Aber er muß sich dranhalten. Auf dem staubigen Feldweg, den man eingeschlagen hat, überholt einen weder ein anderes Auto, noch kommt einem ein Fuhrwerk entgegen, das einen hätte abschleppen können.
Schweiß perlt dem Gloasl von der Stirn. Er reißt sich die Joppe herunter und wirft sie auf den Rücksitz. Dann krempelt er seine Ärmel hinauf. Langsam bekommt auch sein Hemd unter der Achsel und auf der Schulter nasse Flecken.
Endlich spitzt die Kirche von Sendling über die Flur. Mit letzter Kraft erreicht der Schuster den Hof des Sohlerbauern. Der wartet bereits, an den Zaun seines Anwesens gelehnt, und fragt spöttisch: »Is eich was zuagsteßn?«
»Nana!« lacht jetzt der Gfellner. Er schwingt sich vom Sitz, tritt vor das Auto und wirft die Anlasserkurbel herum. Schon nach dem ersten Drehen springt der Motor an. Der Eigner der Limousine zwingt sich sofort wieder hinter das Lenkrad und fährt die letzten Meter wieder aus eigener Kraft.
»Da Gloasl wollt' nur ausprobiern, ob er alloa so a Auto von Hadern nach Sendling schiab'n ko!« setzt er trocken nach.

Laut und lange lachen die beiden reichen Bauern den armen Schuster aus. Undinger ärgert sich schwer, doch er beißt sich auf die Zunge. Als sie zu dritt weiterfahren, überlegt er ununterbrochen, wie er es den beiden heimzahlen könnte.

Sie rattern Richtung »Wiesen«. Auf der Theresienhöhe parkt man. Von dort oben steigt man hinunter in das Lichtergeblinke und in das Musikgedudel des größten Volksfestes der Welt. Zielstrebig steuern die drei Männer das Augustinerzelt an, wo man ein begehrtes Bier ausschenkt, dem man den bezeichnenden Namen »Edelstoff« gegeben hat.
Undinger hat gerade seine erste Maß ausgetrunken, da sieht er, wie zwei ihm bekannte Landwirte aus Planegg sich durch das Bierzelt drücken. Wie seine beiden Nachbarn tragen diese eine englische Sportkombination. In ihren Händen halten sie Brille und Lederhaube, die den letzten Zweifel beseitigen, daß es sich hier ebenfalls um Automobilisten handelt.
Der Schustermeister winkt ihnen, und sie grüßen freundlich zurück. Auf die Frage des Sohlers, woher diese Männer denn stammen, antwortet der Gloasl: »Des san zwoa Engländer!«
Danach steht Undinger auf und drängt den Planeggern entgegen. Da sie noch suchen, bietet er ihnen zuvorkommend seinen Sitz an. Er müsse jetzt sowieso gehen, meint er, und wenn sie etwas zusammenrückten, hätten sie leicht zusammen Platz.
Die zwei aus dem Würmtal nehmen das Angebot gerne an. Schnell erkundigen sie sich noch nach ihren künftigen Nachbarn.
»De san zwar a bißl eigenartig, aber störn oan weiters ned!« gibt ihnen der Gloasl als Auskunft: »Am besten, ihr sagts oiwei bloß: ›Oh, yes‹ zu eahna, und sonst seids staad. Dann kummt ma recht guat mit eahna aus!«
Die Neuankömmlinge freuen sich, in dem überfüllten Zelt so schnell eine Bleibe gefunden zu haben. Dafür nehmen sie die kleine Unannehmlichkeit gern in Kauf. Sie wollen auch keine großen Debatten führen, sondern viel lieber in Ruhe eine Maß oder zwei trinken. Also zwängen sie sich zu Undingers Freunden

auf die Bank. Dieser seinerseits beeilt sich, auf eigenen Füßen schnellstens nach Hause zu kommen.

Der Gfellner, der auf der Realschule war und dort ein paar Brokken Englisch mitgekriegt hat, empfängt die vermeintlichen Ausländer mit einem liebenswürdigen: »Good afternoon!« Die Planegger allerdings verstehen nur »Bahnhof«. Anscheinend hatte der Haderner Schuster doch recht. Sie erinnern sich aber schnell an seinen Rat und würgen ein arg zugeknöpftes »Oh, yes« heraus.
Der Sohler ist nicht so sprachgewandt. Dafür zeigt er sich gleich spendabel. Er lädt die Engländer zu einer Maß Bier ein. Diese wissen nicht, ob sie Muh oder Mäh sagen sollen. Sie nehmen ihre Finger zu Hilfe und flüchten sich wieder in ein schüchternes »Yes, Yes!« Dann lassen sie es sich schmecken.
Der Gfellner läßt sich da auch nicht lumpen. Die nächsten Krüge gehen auf seine Rechnung. Man wird lustiger. Man deutet viel, man yest viel. Am Tisch wird es immer zünftiger.
Die Würmtaler merken bald, wo der Hund begraben liegt. Sie spielen den Ball, den ihnen Undinger zugeworfen hat, geschickt weiter. Man genießt die Gastfreundschaft seiner Haderner Freunde. Hie und da stoßen sie sich verstohlen in die Rippen, um sich so gegenseitig zu ermahnen, nichts zu reden. Sie wollen sich nicht verraten.
Erst als das letzte »Prosit der Gemütlichkeit« verklungen ist, und man darangeht, gegen elf Uhr die leeren Maßkrüge einzusammeln, geben sich die vermeintlichen Untertanen des britischen Königs zu erkennen.
»Unsa England liegt gar ned so weit von Hadern entfernt!« meint der eine.
»Und unsere Themse hoaßt Würm, und unsa London is Planegg!« setzt der andere hinzu.
Dann gehen sie zu ihrem Automobil und tuckern vergnügt nach Hause.

Die Hundeuhr

»Mei Hund kennt d' Uhr!« schreit der Gleixner laut durch das Wirtshaus. Schon hat er erreicht, was er will. Erst schüttelt man den Kopf, dann winkt man abweisend mit einer Hand, letztlich tippt man sich mit dem Finger an die Stirn. Die Ablehnung ist eine allgemeine. An keinem Tisch sitzt jemand, der ihm auch nur den geringsten Glauben schenkt.
»Wenn i's sog, mei Wastl kennt d' Uhr!« trumpft der Angeber weiter auf: »Scho owei kennt er s'!« Ringsum lacht man hell heraus.
»Wer setzt dagegen?« fordert der Aufgekratzte die Gäste in der Wirtsstube auf. Er holt seinen Hut und dreht ihn um. Dann geht er von Tisch zu Tisch. Jedem hält er seinen alten Deckel unter die Nase. »Wenn a s' net kennt, gibt's as Doppelte z'ruck!« heizt er die Stimmung an. Als er die Runde gemacht hat, klimpert eine Menge Geld in seinem abgewetzten Filz.
Bei der Bedienung bestellt er nun eine Wiener und zwei leere Teller. Auf den einen legt er die Wurst, und auf den anderen kommt seine Armbanduhr, die er sich umständlich vom Gelenk hakelt. Das alles stellt er dann, streng getrennt voneinander, vor dem Schanktisch auf den Boden.
Dann pfeift er seinen Hund unter dem Tisch heraus. »Wastl, voro!« befiehlt er und weist ihn in die Richtung der beiden Demonstrationsstücke.
Der Rauhhaardackel trottet los. Sofort hat er den Geruch der Wurst im Windfang. Wie der Blitz ist er am Schanktisch vorn. Schnell schnappt er sich die Wiener und schlingt sie gierig hinunter.
»Habts es gseng!« jubelt da der Gleixner: »Er kennt die Uhr. Er hat s' links liegen lassen und dafür d' Wurst gnumma!« Zufrieden leert er nun seinen Hut aus und zählt das gewonnene Geld hinein in seine Joppentasche. »Des gibt a paar gsunde Maß!« prahlt er.

Auch Meister Undinger hat fünfzig Pfennige verloren. Das ist nicht viel, aber trotzdem wurmt es ihn. Noch mehr giftet ihn, daß er auf diesen uralten Wirtshausscherz hereingefallen ist, den man hie und da wieder einmal gern aufwärmt in dem Land zwischen Hohem Göll und Hohem Bogen.
Nachdem sich alles beruhigt hat, verschwindet der Schustergloasl für kurze Zeit. Als er wieder erscheint, beginnt er den Gleixner anzufrotzeln: »Dei Dackl kennt d' Wurst! Da hast scho recht! Aber der Strohmeier, der hat an Hund, des is oana, der kennt d' Uhr tatsächli!«
»Schneid ned so auf!« wehrt der Angegriffene ab. Undinger läßt aber nicht locker: »Alle da herinn' können ihr' Uhr auf an Teller legen. Wenn i an Strohmeier sein Basti des ins Ohr flüster, dann holt er mei Uhr drunter raus!«
Jetzt ist das Hallo unter den Biertrinkern groß. Der Gleixner stellt sich aber nach wie vor ungläubig. »So was gibt's ned«, meint er starrköpfig: »Nia und nimma konn der Hund dei Uhr da rausfinden!«
»Was is' da wert?« packt ihn nun der Schustermeister bei der Ehre. Da läßt sich das Herrchen vom Wastl nicht zweimal fordern. Er kramt seinen gesamten Gewinn aus der Tasche und schüttet ihn wieder in seine Kopfbedeckung. »Ois, was in dem Huat drin is!« bietet er jetzt gegen Undinger.
Alle im Wirtshaus bekommen die Auseinandersetzung mit. Man ist sofort bereit, sich bei dieser Wette zu beteiligen. Jeder bindet seine Minutenschleuder vom Arm. Die Wirtin kann gar nicht genug Unterteller herbeitragen, so viele Uhren bringt man zusammen. Vor dem Schanktisch findet man nicht genügend Platz, also geht man hinaus in den Saal. Man ist der einhelligen Meinung, daß der Schuster den ganzen Hut voll Geld und den doppelten Einsatz darüber verspielt hat.
Als letzter schlauft der Gloasl seinen Chronometer vom Gelenk. Nachdem er ihn zwischen all die anderen Uhren gelegt hat, holt er den Strohmeierhund. Alle müssen kichern, als er dem Basti den Ohrlappen aufhebt und ihm etwas einflüstert. Langsam trottet der Pinscher nach vorne. Die Gäste halten den Atem an,

als das Tier interessiert über alle Uhren hinwegschnuppert. Eine Stecknadel könnte man fallen hören, so ruhig ist es im Saal. Da packt Basti zu. In seinem Fang hält er tatsächlich Undingers Stundenmühle. Damit gibt sich der Hund aber nicht zufrieden. Er trägt sie einige Schritte, dann läßt er sie wieder fallen. Nun tappt er drauf. Er schleckt dran und beginnt zu winseln.
»Hörst es!« feixt nun Gloasl zum Gleixner hinüber: »Jetzt will er dir noch sagen, wie spät es ist!« Zu guter Letzt macht Basti noch Anstalten, die Undinger-Uhr zu verschlingen. Man kann ihn gerade noch davon abhalten. Nur mit größter Anstrengung läßt er sich den Sekundenventilator abnehmen.
Der Schustergloasl bekommt jetzt den Hut Gleixners. Er schüttet alles Geld auf den Tisch, aber er steckt es nicht wie dieser in seine Taschen. Er läßt die Bedienung die Münzen zählen und jedem Tisch eine frischschäumende Maß einschenken. Denn noch nie hat Undinger ein Wettgeld für sich allein angenommen.

Lange rätselte man, wie es der Schustermeister angestellt hatte, den Gleixner zu übertrumpfen. Dazu wurden die verschiedensten Theorien entwickelt. Keine traf jedoch die Wahrheit. Der Gloasl hatte nämlich seine Uhr, als er an dem Abend für kurze Zeit verschwand, der Hexe des Maderbauern um die Schwanzwurzel gebunden. Letzterer hatte, damit nichts passierte, seine läufige Hündin in den Holzschupfen gesperrt. Schon nach fünf Minuten nahm ihr Undinger die Uhr wieder ab. Verständlicherweise zeigte der Basti an dem Chronometer größtes Interesse, denn bei ihm handelte es sich um einen ausgewachsenen Rüden.

Haxn-Saxn

Meister Undinger hat viele Freunde. Einer davon kommt jeden Tag in seine Werkstatt. Oft sitzt er eine halbe oder eine ganze Stunde neben ihm. Die zwei unterhalten sich dann über Gott und die Welt. Eine Krankheit hat diesem Freund bei den Leuten im Dorf den Spitznamen »Haxn-Saxn« eingebracht. Unter der Krankheit hat er tatsächlich viel zu leiden. Viele Menschen kommen deshalb nicht mit ihm zurecht. Der Schustergloasl jedoch versteht ihn zu nehmen. Er bringt die nötige Ruhe auf, ihm zuzuhören, und so findet der »Haxn-Saxn« bei ihm wohl die einzige Gelegenheit, sich richtig auszusprechen.
Des Schustermeisters Freund ist ein kleiner Landwirt, der sich für ein paar Mark noch ein Stück der Haderner Gemeindejagd gepachtet hat. Mit Leib und Seele hat sich der »Haxn-Saxn« dem edlen Waidwerk verschrieben. Darüber hinaus gilt er als einer der besten Schützen bis hinauf nach Starnberg. Er nimmt an jedem Wettkampf teil. Aus seinem grünem Lodenhut ist in all den Jahren ein blinkender Stahlhelm geworden, vollgesteckt mit Schießnadeln und Ehrenzeichen, und die Wände seiner kargen Bauernstube sind ausgetäfelt mit Siegesschildern, und jeder Stellfleck darin ist mit einem Preispokal besetzt.
Der »Haxn-Saxn« hat eine ruhige Hand. Das heißt, er kann sich zusammenreißen, wenn es um etwas geht. Löst sich jedoch eine Anspannung, bricht ein Nervenleiden durch, das er sich in den vordersten Linien des vierzehner Krieges geholt hat. Damals war er bei einem schweren Artillerieangriff verschüttet worden. Erst nach einer entsetzlich langen, entsetzlich schwarzen Nacht hatte man ihn befreien können. Seither begleitet ihn tagaus, tagein ein nervöses Zucken. Er wird es wohl sein Leben lang nicht mehr loswerden, meinten schon die behandelnden Lazarettärzte.
Genau gesagt, handelt es sich dabei um ein seltsames Reißen. Wie ein Schluckauf, den man nicht mehr losbringt, durchschüttelt es fast jede Minute seinen Körper. »Haxn«, stößt es dann aus

ihm heraus, daß alle Leute um ihn herum erschrecken. Mit Daumen und Zeigefinger muß er sogleich unter seine Hosenträger fahren und diese mit einem Ruck nach vorne dehnen. Mit dem Ruf »Saxn« läßt er sie dann anschließend auf die Brust zurückschnalzen.
Trotz dieser krankhaften Angewohnheit geht der »Haxn-Saxn« leidenschaftlich gern auf die Jagd. Und, man möchte es kaum glauben, eines Morgens kommt ihm auf siebzig Meter eine grobe Sau. Welch eine Seltenheit in der Haderner Gemeindejagd! Wahrscheinlich war der Urian dem Forstenrieder Gatter entwichen. Den Jäger regt das mächtig auf. Gleich spürt er sein inneres Uhrwerk ticken. Aber er reißt sich zusammen, denn einen Schwarzkittel auf die Schwarte zu legen, das ist seit jeher sein Herzenswunsch. Er hat auch Erfolg. Tiefblattgetroffen schlegelt das Tier sein Leben aus.
Wer das Jagdfieber vor dem Schuß nicht kennt, den straft es danach um so härter. Auch unseren Wildschweinschützen ergeht es so. Heute überfällt es ihn mit doppelter und dreifacher Gewalt. Dazu gesellt sich noch sein Nervenreißen. »Haxn-Saxn« hixt es nun wie wild aus ihm hinaus, von maschinenschnellen Griffen an die Hosenträger begleitet. Er kann sich nicht mehr bremsen. In diesem Zustand hätte der Erleger länger droben bleiben sollen auf seiner Kanzel und warten, bis er sich beruhigt hat. Doch seine erste Sau reißt ihn vom Sitz. Rucksack und Gewehr übergehängt und die Leiter hinuntergehangelt! Immer wieder reißt es ihm die Hände von den Holmen an die Hosenträger. Das Rukken überträgt sich auf den Baum, an den der Hochsitz genagelt ist. Er schaukelt bedenklich hin und her.
»Haxn!« gluckst er, als er von eine Sprosse auf die tiefere umgreift. »Saxn« kommt als gewohntes Echo. Die eine Hand ist so frei, und die andere ruckt in diesem Moment gewohnheitsmäßig an den Hosenträger. Der geplagte Jäger verliert das Gleichgewicht und kippt nach hinten. Verzweifelt sucht er einen Holm zu erwischen. Es ist zu spät. Er greift ins Leere. Aus dem Kippen wird ein Fallen. Der arme Mensch stürzt ab.

Dem Aufprall folgt ein spitzes Stechen. Vor Schmerz könnte der Gestürzte aufheulen. Aber nur ein schnalzendes »Haxn-Saxn« stößt aus ihm heraus.
Der Jäger will zur Sau. Da er nicht aufstehen kann, dreht er sich auf den Bauch. Er kann nicht gehen, also versucht er es auf allen vieren. Aber ein Bein macht nicht mit. Es ist gebrochen. Wie ein Häuferl Elend liegt der treffsichere Schütze da. Er möchte Hilfe herbeirufen, bringt aber nur ein heiseres »Haxn-Saxn« heraus. Dazu pumpen seine Arme wie die Flügel eines Maikäfers, der wegstarten will.
Unterdessen ist es Mittag geworden. Im Dorf geht der nervenkranke Jägersmann niemandem ab. Außer Meister Undinger macht sich kein Mensch um ihn Sorgen. Sein Freund hat ihn heute noch nicht besucht. Langsam geht die Sonne unter, und unter das Klopfen seines Schusterhammers mischte sich noch immer nicht sein gehustetes »Haxn-Saxn«. Im Morgengrauen hat er ihn weggehen sehen. Er querte die Dorfstraße und verschwand Richtung Krautgartenholz. Sein Gewehr hatte er geschultert. Wird ihm doch nichts passiert sein?
Undinger hält es nicht mehr auf seinem Schusterschemel. Er macht sich auf den Weg und sucht alle Jägerstände ab, die er aus den Erzählungen seines Freundes recht gut kennt. Es wird schon dunkel, da hört er ein leises, zweisilbiges Schluchzen. Er geht dem stoßweisen Stöhnen nach und findet einen Waidmann, der sich vor Schmerz um eine Ansitzleiter geringelt hat. Das »Haxn-Saxn« schüttelt ihn noch immer durch, aber man hört es kaum mehr. Schnell holt der Schustergloasl Hilfe und macht sich bei dem Abtransport des Verletzten nützlich.
Im Krankenhaus bekommt der Waidmann mehrere Beruhigungsspritzen. Man gipst sein Bein ein. Aber sein Reflex läßt nicht nach. Immer wieder will er etwas sagen, aber er bringt nur ein »Ha-xn« und ein »Sa-xn« heraus. Dazu deutet er nach rechts weg und zeigt immer wieder sieben Finger. »Wenn es so weitergeht, müssen wir ihn bald in ein ganz anderes Krankenhaus überstellen!« murmelt der Chefarzt vor sich hin und nimmt nachdenklich die Brille von der Nase.

Ganz besonders flehentlich blickt der Jäger Undinger an, der ihn jetzt oft besucht. Er macht den Mund auf, er will ihm etwas sagen. Aber sofort hindert ihn das krankhaft herausgestoßene Wortpaar am Weiterreden.
Niemand weiß mehr einen Rat. Da bringen die verzweifelten Andeutungen den Schustermeister auf eine Idee. Noch einmal kehrt er an die Stelle zurück, wo er den Schwerverletzten fand. Vom Hochsitz aus wendet er sich halb nach rechts. In diese Richtung hatte sein im Krankenbett liegender Freund immer gedeutet.
»Sieben Finger san siebzg Meta!« sagt er sich dann. Während er laut vor sich hinzählt, geht er diese Strecke aus. Kaum hat er den letzten Schritt getan, liegt der längst verhitzte Urian vor ihm.
Aber das macht nichts. Der Gloasl weiß, daß es dem »Haxn-Saxn« als leidenschaftlichem Waidmann erst in zweiter Linie ums Wildbret geht. Viel wichtiger sind ihm die Trophäen. Schnell schärft er der groben Sau den Schädel ab. Prächtige Waffen krümmen sich aus ihren Lefzen heraus. Sofort radelt er damit hinüber ins Pasinger Krankenhaus.
Dort verweigert man ihm mit dem schweißenden Stück den Eintritt. Als er es ein zweites Mal versucht, wird er mit dem Trumm Schwein unter der Achsel vom Pförtner hinausgeworfen. Man hält ihn für mindestens so verrückt wie seinen Freund.
Aber Undinger gibt nicht auf. Er wickelt das Haupt der Sau in seine Jacke und versucht es durch den Lieferanteneingang. An ein paar Schwestern drückt er sich vorbei und gelangt schließlich an das Krankenbett des Jägers. Er läßt ihn einen Blick in das Bündel werfen. Der Waidmann ist glücklich. Liebevoll streichelt er über die kapitalen Haderer und Gewehre.
Die urmächtigen »Haxn-Saxn«, die den Armen bisher so unmenschlich plagten, legen sich. Er bringt nun sogar ein deutlich hörbares »Dankeschön« heraus. Plötzlich wirken auch die Beruhigungsmittel. Der Waidmann sinkt in einen tiefen Heilschlaf.
Unser Schustermeister schleicht sich aus dem Krankenhaus. Daheim kocht er den Schädel notdürftig aus und hebt ihn für seinen Freund auf, damit der nach seiner Genesung das Gewaff heraus-

lösen und es als wertvolle Trophäe aufbretten kann. Das wird freilich noch einige Zeit dauern, denn der Haxn-Saxn hatte mit seiner ersten Sau gewiß kein »Schwein« gehabt. Er mußte dieses Jagdglück mit einem komplizierten Oberschenkelhalsbruch bezahlen.

Der Spitzweghof, wie er 1934 aussah. Dem Hof entstammte Joseph Pschorr, Begründer einer Münchner Brauerdynastie.

»Bier« reimt sich auf »Wiah!«

In der heutigen Stadtteilbezeichnung und dem vormaligen Dorfnamen Hadern steckt der Name Hart. Dies bedeutete in der Sprache unserer Vorfahren soviel wie Holz oder Wald. In das undurchdringliche Grün zwischen Isar und Würm brannten sie einst ihre ersten Äcker und Wiesen. Viele von den Forsten sind auch heute noch erhalten. Zwar schwappt von Norden und Osten das Häusermeer der Millionenstadt bis an den alten Dorfkern heran, doch nach Süden und Westen zu besitzen wir noch immer eine fichtenreiche Grenze, die hie und da von einigen zwischenständigen Eichen und Buchen aufgelockert ist.
Nicht weit weg vom einstigen Dorf Großhadern lag zu Lebzeiten des Schustermeisters Undinger mitten in diesen Waldungen eine Wirtschaft. Die Gaststätte war nur eine stabile Bretterbude. Aber das machte den Besuchern nicht viel aus, denn die Wirtin hielt auf strenge Sauberkeit, und der Wirt bediente jeden Gast freundlich und zuvorkommend.
Hier im Forst trafen sich Jäger und Holzarbeiter. Manchmal verirrte sich auch ein Landwirt oder ein Handwerker aus Hadern oder den umliegenden Rodungsdörfern dorthin. Man rückte zusammen und tauschte seine Erfahrungen aus. Manchen Scherz heckte man in diesen hölzernen Wänden aus, und nicht selten kam es vor, daß man zu einer fröhlichen Quetschenmusik ein lustiges Lied anstimmte.
»Boirisch« ging es her in dem abgelegenen Bierausschank. Dieser Ausdruck ist die Steigerung von »gemütlich« und bedeutet, daß es kein Mehr an Lebensqualität mehr geben kann. Man saß stets vergnügt zusammen und ließ den lieben Herrgott einen guten Mann sein.
Aber auch hier passierte, was schon in der Bibel beschrieben ist: Adam und Eva wurden aus ihrem Paradies vertrieben. Nur war in unserem Fall der Stein des Anstoßes keine Apfelfrucht. Am Baum der Versuchung hingen statt dessen blanke Geldscheine.

Immer mehr Bewohner der Landeshauptstadt entdeckten die Wälder in ihrem Süden als Ausflugsziel. Es trieb sie hinaus aus dem Häusergrau, und sie erholten sich im Fichtengrün. Besonders freute man sich, wenn man bei diesen Wanderungen eine urige Wirtschaft entdeckte, die einem eine preiswerte Brotzeit oder ein reichhaltiges Mittagessen anbot.
Die alte Bretterhütte stellte sich schnell auf die neuen Gäste ein. Man strich die Holzfronten grün an und bemalte den Zaun mit weiß-blauer Farbe. Vor den Eingang pflockte man ein Bäumchen in den Boden, an dem ein Reisigkranz hing. Bunte Bänder flatterten daran, und zur Erheiterung seiner ursprünglichen Besucher nannte man den einstigen Bierausschank von nun an »Waldgaststätte«.
Gegenüber den angestammten Gästen wurden die Wirtsleute zunehmend unfreundlicher. Man schenkte der alten Kundschaft immer schlechter ein und ging mit dem Preis für den Gerstensaft in kurzen Abständen jeweils ein schönes Stück nach oben. Man vergaß häufiger, den Stammtisch abzuwischen, und stuhlte früh auf, denn man wollte am nächsten Tag ausgeschlafen sein, damit man den zahlungskräftigen Stadtgästen teure Gerichte verkaufen konnte. An einem Braten ist bekanntlich um einiges mehr verdient als an vielen Bieren, die man noch dazu alle einzeln heranschleppen muß.
Schließlich kam es sogar soweit, daß die nicht mehr erwünschten Einheimischen auf ihrem Tisch eine weiße Decke vorfanden. Eine Salz- und eine Pfefferbüchse sowie ein Schälchen Zahnstocher luden von nun an zu einem kostspieligeren Verzehr ein. Mit ihren schmutzigen Stiefeln trugen sie zudem Dreck in die Gaststube, und mit ihrer bildkräftigen Sprache und mit ihren derben Späßen vertrieben sie die viel vornehmeren und vor allem ruheliebenden Ausflügler. Kurz und gut, sie waren nicht mehr gern gesehen. Direkter konnte man es ihnen nicht sagen.

All das geschieht noch dazu schneller, als es sich herumsprechen kann. Eines Tages stehen ein paar Haderner Zechkumpane überrascht und unschlüssig vor der ehemaligen Bretterbude. Die

neue Waldgaststätte hat keinen Platz mehr für sie. Zufälligerweise stoßen zu der Gruppe, die nicht weiß, was sie machen soll, noch einige Holzreißer. Das sind kräftige und urwüchsige Männer, die mit ihren prächtigen Kaltblutpferden die gefällten, kubikmeterschweren Bäume aus dem Wald ziehen und sie auf den Ganterplätzen zum weiteren Transport aufrichten. Man lehnt sich an den weiß-blauen Gartenzaun und beratschlagt.
Der Schustermeister Undinger befindet sich ebenfalls unter ihnen. Er ist der einzige der Männer, der seinem Grant nicht durch Schimpfen Luft macht. Man sieht, wie er seine Hände aus den Taschen holt und mal hierhin und mal dorthin deutet. Urplötzlich weiß man, was zu tun ist.
Die Holzreißer binden ihre Pferde von den Bäumen und stellen sie vor der sogenannten Waldgaststätte zu einem Gespann zusammen. Gleichzeitig machen sich die Leute aus Hadern daran, um die Bodenbalken des Holzhauses ein Stahlseil zu ziehen. Auf diesen Bohlen ist die gesamte Hütte aufgezimmert. Dann schlingen sie es um die Zugdeichsel der schweren Pferde.
Die ersten Gäste, die das beobachten, bezahlen überstürzt und verlassen hastig das Wirtshaus. Die Männer vor dem Fenster schauen ihnen zu grimmig drein. Das kann nichts Gutes bedeuten.
Nun stellen sich die Waldarbeiter neben ihren kräftestrotzenden Rössern auf. Sie nehmen ihre Peitschen in die eine Hand, mit der anderen halten sie die Kaltblüter am Zaumzeug.
Undinger geht etwas zur Seite und ruft plötzlich: »Entweder unser Bia ...«
Mit »Bia« meint er natürlich den gewohnten Gerstensaft, den man hier immer gutgekühlt und schaumgekrönt und an einem sauberen Tisch freundlich serviert bekam.
Der Schuhmachermeister muß wohl zu laut gerufen haben. Die letzten Gäste flattern wie aufgescheuchte Hühner aus der Gaststätte.
»Entweder unsa Bia, oder mia schrein Wiah!« ergänzt nun der Gloasl. Langsam treiben die Männer ihre Pferde an. Das Seil

spannt sich. Man ist entschlossen, die Peitschen knallen zu lassen.

Soweit kommt es jedoch nicht. Das »Wiah«, das die Bretterhütte in einen Bretterhaufen verwandelt hätte, kann ausbleiben, denn in eben diesem Moment strecken die Wirtsleute ihre Köpfe aus einem Fenster. Der Mann kreuzt die Hände vor dem Gesicht. Die Frau winkt den Leuten, hereinzukommen.
Meister Undinger braucht seinen Reim nicht wiederholen. Die Kaltblüter mit den Zentnerschenkeln werden ausgeschirrt und weiter weg an Waldbäume gebunden. Man rollt das Seil auf und geht dann in die Schenke.
Drinnen zieht die Wirtin die Decke vom Stammtisch. Der Wirt stellt jedem der Eingetretenen einen frisch gezapften Krug vor. Der ist gefüllt mit jenem Gerstensaft, der der Redewendung nach zu den schmackhaftesten gehören soll. Die Maßen schäumen vom Freibier über.
Von nun an hielt man auch stets einen Tisch für die angestammten Gäste frei. Denn in einer echten bayerischen Wirtschaft müssen alle nebeneinander Platz haben: diejenigen, die essen wollen, und diejenigen, die der Durst plagt. Solche, die jeden Tag da sind, und solche, die nur einmal hereinschauen. Und schließlich jene, die mehrere Scheine dalassen, genauso wie auch jene, die nur ein paar Münzen in den Tisch drücken.

Schöne Grüße an den Maurersepp!

Neue Sohlen hat er sich draufmachen lassen. Zwei Paar derbe Arbeitsschuhe waren es. Nicht bloß ein Spitzel draufbessern oder die Absätze erneuern. Nein, richtig zum Doppeln hat er sie gebracht. Das ist eine Arbeit! Da mußt du erst lange das Leder weichhämmern. Dann werden die Sohlen aufgezeichnet und herausgeschnitten. Diese klebt man jetzt auf den Schuh. Nicht genug damit! Nun locht man vor und klopft in zweifacher Reihe Holznägel drauf. Irxenschmalz kostet das, und Zeit braucht das. Manchen Schweißtropfen muß man sich dabei von der Stirn wischen.
Abgeholt hat er sie dann, das gute Stück Anstrengung. »Kennst mi ja«, sagte er freundlich, nachdem er lange und umständlich durch seine Taschen gekramt hatte und keinen Pfennig gefunden hatte. »I arwat da vorn!« setzte er mit ehrlichem Blick hinzu. »Glei bring i dir's vorbei, was's ausmacht!«
Schustermeister Undinger konnte nicht nein sagen. Zum einen war er im Grunde seines Herzens ein gutmütiger Mensch, und zum anderen war der Kunde auch schon draußen bei der Tür.

Er sah ihm nach, wie er die Dorfstraße hinauftrottete. Weiter droben wurde an einem respektablen Neubau gemauert. Seit einigen Jahren drängten die Leute heraus aus der Landeshauptstadt. Sie flohen aus dem nervösen München und suchten ruhigere Wohngegenden. Man strebte ins Grüne, Großhadern war zur Baustelle geworden.
Der Sirtl Sepp arbeitet als Maurer an der neu entstehenden Landvilla. Jeden Tag in der Früh kommt er von Lochham herübergeradelt. Das beruhigt den Gloasl, denn er sieht, daß sein Schuldner Arbeit hat und dabei sicherlich auch gut verdient. Was allerdings unser Schustermeister nicht wissen kann, ist, daß der Sirtl gern eine Flasche aufmacht. Er hat dabei sogar so viel Übung, daß er mit einer Daumenkuppe allein den damals allgemein üblichen,

hartgängigen Bügelverschluß aufschnalzen kann. Dann schiebt er den Kopf in den Nacken und setzt an. Eine gute Minute lang hört man nur ein gurgelndes Schlucken. Anschließend rinnt bloß noch ein bißchen einsamer Schaum an der Innenseite des Glases hinunter. Auch dabei hat der Sepp weit und breit keinen Nachahmer.
Außer einer Flasche Bier hat der Sirtl noch etwas liebend gern in der Hand. Wer da meint, das wäre eine Maurerkelle, der irrt sich aber gewaltig. Die Spielkarten gleiten ihm viel geschickter durch die Finger. Sogar zu jeder Brotzeit und über jeden Mittag sitzt er mit seinen Arbeitskollegen um die Werkzeugkiste zusammen. Da man nicht schlecht verdient, sind die Einsätze hoch. Trumpf raus und Trumpf nach, heißt es dann. Selbst nach der Arbeit macht man noch manches gewagte Spielchen.
Kurz und gut, der Sepp hätte nicht so umständlich seine Taschen umdrehen brauchen, als er beim Haderner Schuster seine frischgedoppelten Schuhe zahlen sollte. Er hätte bestimmt nichts gefunden. Jahraus und jahrein lebt er von der Hand in den Mund. Der Inhalt seiner freitäglichen Lohntüte ist meist schon montags drauf aufgebraucht. Was er nicht vertrinkt, das verspielt er.

Undinger wartet den ganzen Tag vergebens. Er schläft nicht gut in der kommenden Nacht. Als der Morgen anbricht, stellt er sich vor seiner Werkstatt auf. An ihr kommt der Sirtl auf dem Weg zur Arbeit jeden Morgen vorbei. Er nimmt an, der Maurersepp würde von seinem Fahrrad absteigen und seine Schulden bezahlen, wenn er ihn sieht. Schwer getäuscht, Schusterkläuschen! Der strampelt an ihm vorbei, als wär er blind. Er reagiert weder auf das Winken noch auf das Rufen des Meisters.
Zwei Stunden später sieht ihn der Schustermeister wieder. Droben an der Baustelle macht man Brotzeit. Er sitzt mit seinen Freunden um die Werkzeugkiste. Man trinkt und drischt die Karten in die Bretter. Grad fidel geht es zu! Da will es Undinger genau wissen. Er legt seinen Knieriemen zur Seite und hängt seinen Schusterschurz für einen kleinen Erkundungsgang an den

Nagel. Dann pfeift er das Lied vom »haglbuchan Stecka« und schlendert hinauf zu dem Neubau.
Die letzten Meter hat er jedoch nicht so recht aufgepaßt. Plötzlich sitzen nur noch drei Maurer an der Kiste. Der Sepp ist wie vom Erdboden verschluckt. Die verbliebenen Männer kümmern sich nicht um den Gloasl. Sie geben aus, sie mischen und sie spielen weiter, als wären sie nie mehr gewesen.
Der Schuster läßt sich auch nichts anmerken. Er tut so, als wolle er sich die Beine vertreten, und schaut sich unauffällig nach seinem Bekannten um. Er kann nichts entdecken. Bis zum Kriegerheim schlendert er hinauf. Dort dreht er um und kehrt über die Felder zu seiner Werkstatt zurück.

Als er unter Mittag seinen kleinen Spaziergang wieder hereinklopfen möchte, wollen ihm auf einmal die Augen aus seinem Gesicht fallen. Als er zur Baustelle hinaufspitzt, sieht er dort seinen Freund wieder sitzen. Wie gewohnt hat der in seiner einen Hand eine Flasche Bier, und in der anderen hält er die Karten. Er trinkt und spielt und führt das große Wort.
»Wo es dauernd so hoch hergeht, da müssen doch meine paar Mark für die neuen Sohlen leicht herausschauen!« denkt sich Undinger. Als armer Dorfschuster ist er auf jeden Pfennig angewiesen. Er wird es also noch einmal versuchen, an den Maurersepp heranzukommen. Diesmal will er es aber schlauer anstellen. Er wartet, bis ein Ochsenfuhrwerk aus dem Ort hinauszuckelt. Hinter ihm schleicht er sich her und beobachtet durch die Seitenplanken die Biertrinker und Kartenspieler genau.
Er ist der zünftigen Runde schon sehr nah, da muß man ihn trotzdem entdeckt haben. Undinger sieht noch einen weißen Wischer, und der Sirtl ist verschwunden. Als der Gloasl hinter dem Ochsenkarren hervortritt, hört er noch etwas klappen. Des Maurersepps Platz neben der Werkzeugkiste markieren nur noch zwei aufeinandergeschichtete Ziegelsteine. Pressant muß er es gehabt haben, denn seine Spielkarten liegen umgedreht auf ihnen.

Der Schustermeister sieht sich blitzschnell um. Auf den Gerüsten entdeckt er niemand. Auch hinter den halbhohen Mauern kann sich kein Mensch verstecken. Wieselflink setzt er sich auf den Platz seines Schuldners und nimmt entschlossen dessen Karten auf! »Schelln is Trumpf, und da Bauer kost a Zwanzgerl!« sagt er seelenruhig und packt mit dem hohen Einsatz Sirtls Freunde bei der Ehre. Die Männer in den weißen Arbeitsanzügen richten ihre Blätter und machen gute Miene zum teuren Spiel.
Als der Gloasl zum ersten Stich ausholt, fällt sein Blick zur Werkzeugkiste hinunter. Sie klafft einen winzigen Spalt offen. Durch ihn sieht er ein halbes Ohr. Es kann nur dem Sirtl gehören. Um seinem Gläubiger zu entkommen, hüpfte er in die enge Lade und zog den Deckel von innen zu. Richtig zusammengebuckelt muß er sich haben, um darin Platz zu finden. Sein Gesicht liegt dicht auf der Unterseite des Deckels an, der den Kartenspielern nun als Tisch dient.
Undinger packt die Wut. Zum einen glaubt er sein Geld ein für alle Mal verloren, und zum anderen sieht er sich auch noch für dumm verkauft.
»Der Stich g'hört mir!« schreit er und zieht weit aus. Von über der Schulter her drischt er mit aller Wucht seine Karte auf die Werkzeugkiste hinunter. Man kann sich denken, wie dieser Schlag dem drunterliegenden Maurer ins Gesicht prellt. Der hält jedoch still. Die Mitspieler sehen den Gloasl einen Moment lang entgeistert an, dann geben sie verdattert zu. Anmerken lassen sie sich nichts, denn sie wollen ihren Kameraden nicht verraten.
Nun geht es Stich nach Stich und Schlag auf Schlag. Undingers Fäuste krachen nur so auf die Planken hinunter. Jeder Rumpser knallt dem versteckten Sepp eine saftige Bretterwatsche auf die Backe. Dem eingesperrten Sirtl müssen die Zähne klappern und der Schädel brummen. Dem zornigen Gloasl jedoch bringt jede eingesammelte Kartenrunde wertvolle Augen ein.
Seine weißgekleideten Handwerkskollegen sind so verdutzt, daß sie in kein eigenes Spiel finden. Undinger räumt ganz schön ab.

Er bringt über Mittag das herein, was ihm beim Schuhdoppeln entging.

Als man schließlich auf das Schaufelblech dengelt und so den Beginn der Arbeit anmeldet, erhebt sich der Schustergloasl und sagt gutgelaunt zu seinen Mitspielern: »Und an schena Gruaß an Sirtl Sepp. Der soll se ja net von mir dawischen lassen, sonst ziag i eahm oane nach der andern runta, daß eahm Hörn und Sehn vergeht!« Diese Bemerkung hätte er sich sparen können, denn was er da androhte, war in Wirklichkeit längst eingetroffen.

Der Rohbau der St.-Canisius-Kirche um 1926. Die Kirche wurde unter Pfarrer Batzer errichtet, nach dem heute eine Straße in Kleinhadern benannt ist.

Nicht zum Aushalten!

Wer ein Schuster ist, der muß sehnige Beine haben. Den ganzen Tag spannt er mit seinem Knieriemen Schuhe und Stiefel in seinen Schoß oder auf das eiserne Dreibein. Auch seine Arme müssen kräftig sein. Ununterbrochen hämmert und näht er. Besonders letztere Tätigkeit ist anstrengend. Erst sind die Löcher mit einer Ahle vorzustechen, dann heißt es, die Fäden einzupechen, schließlich muß er sie sich um die Handballen wickeln und jeweils in Gegenrichtung durchziehen.

Bisher war den Hadernern nicht bewußt geworden, was in ihrem dürren und langen Sohlenflicker an Schmalz steckte. Aber seitdem er dem Maurerseppe das, was dieser ihm schuldete, auf die Backe geklopft hatte, sah man den Meister Undinger mit ganz anderen Augen an.
»Dem hast as aber zoagt!«, so sprach man ihn nun des öfteren voller Respekt an. Der Gloasl schluckte stets verlegen. Er fühlte sich geehrt, ließ es sich aber nicht anmerken. So oft wurde er auf dieses Ereignis angesprochen, daß ihm aus dem ständigen Erinnern eine Idee erwuchs.
»Mit der Faust beweis ich's jedem!« gibt er an. Dazu biegt er seine Finger kraftvoll zusammen, daß sie um die Knöchel herum ganz weiß werden.
»Drei Schläg von meiner Rechten hoit koana aus!« setzt er großsprecherisch nach.
Das ist nun eine Behauptung, die die stämmigen Haderner Bauern wie eine Beleidigung trifft. Noch dazu kommt sie aus dem Mund eines Schusters, der dünn ist wie eine Zaunlatte.
Einer lacht, als er diese Bemerkung hört, besonders laut. Das ist der Weichsl. Er hat zwar nur ein paar Tagwerk zu bewirtschaften, und im Dorf nennt man ihn deshalb vor allem, wenn er es nicht hören kann, einen Fretter. Es gibt sogar einen Spottvers über ihn:

»Da Weichsl is a Bauer,
der fahrt mit de Kiah,
der hockt auf da Deichsel
und strampelt mit die Knia!«

So hat man gedichtet, nur ins Gesicht darf man ihm den Spruch nicht sagen, sonst würde etwas Schreckliches passieren. Der Weichsl ist nämlich stolz auf seine kleine Landwirtschaft. Vor allem aber prahlt er mit seinen Bärenkräften, die er auf den paar Flecken Wiesen und Äckern, die ihm gehören, mit großem Eifer einsetzt.

»De Faust!« wiederholt Undinger und hebt sie drohend dem Kleinbauern unter die Nase: »De Faust und dei Schädel! Koane drei Schläg hält er von der aus!« Der Gloasl läßt sie dann herunterfallen, macht sie auf und rätscht mit der offenen Hand in die Planken des Wirtshaustisches, daß die Umsitzenden richtiggehend erschrecken.

»Und so a Platten derf aa no dazwischen sei!« übertreibt er großsprecherisch.

»Was gilt's?« ruft nun der Weichsl, dem die Angeberei zuviel wird. Der Gloasl überlegt nicht lange: »Sovui Maß, wie de Hand Finger hat!«

»Des mach ma glei aus!« Der Landwirt ist sich seiner Sache sicher. Er will keine Zeit verlieren und rutscht sofort unter den Tisch.

Während es sich der Bauer zwischen des Schusters Füßen einigermaßen bequem macht, gibt sich Undinger feierlich. Mit großer Geste reibt er seine Hände. Alle Umsitzenden sehen ihm zu, wie er seine Rechte langsam zur Faust ballt und sie hebt. Als er sie mit voller Wucht in die Platte prellt, recken auch die Leute die Hälse, die sich um die anderen Tische reihen.

»Haut scho!« jubelt der untensitzende Weichsl, obwohl er weder schlug noch geschlagen wurde. Er will damit ausdrücken, daß ihm nichts passiert ist. Die Bretter haben die Wucht des Aufpralls vollkommen abgefedert. Nur an seiner Schädeldecke kitzelte es ihm ein bißchen.

»Des war erst da Probeschlag!« feixt nun Undinger zu seinem Wettgegner hinunter: »Wuist net aufgeben, Weichsl? Denn jetzt kimmt's fürchterlich!«
»I hoit's aus!« gibt der Angesprochene entschlossen zurück.
Gloasl steht nun auf. Er streckt sich. Seine Faust schiebt er fast bis zur Decke des Wirtshauses hinauf. Man läuft zusammen und stellt sich um ihn herum auf. Man stößt sich in die Rippen, man blinzelt sich an. Einhellig ist man der Meinung, daß der Schuster die fünf Maß verlieren wird. Er könnte den Tisch kaputtfetzen, der drunter würde es auf jeden Fall aushalten. Es ist ja die Platte dazwischen. Die drei Zentimeter dicke Fichte hätte ihn wie einen Helm geschützt.
Undinger läßt sich nicht drausbringen. Er nimmt mit seiner Faust Anlauf. Immer schneller wird er. Dann drischt er in das Holz hinein. Es kracht, und alles wackelt. Sogar die Lampe über dem Tisch gerät ins Schaukeln.
»Zwei Haar hast ma vabogen!« scherzt der Weichsl unter der Platte heraus. Ihm ist nichts geschehen.

Nun folgt der dritte Schlag. Er entscheidet über Gewinnen oder Verlieren. Man wartet gespannt, daß Undinger zum letzten Mal ausholt. Der Gloasl tut aber nichts dergleichen. Mit der Hand, mit der er an sich Wichtigeres zu machen hätte, greift er an seinen Maßkrug. Er nimmt einen tiefen Zug. Der Schustermeister läßt sich Zeit.
»Geh weita, hau zua!« fordert ihn sein Widerpart ungeduldig auf. Undinger überhört ihn. Er läßt sich nicht herausfordern. Stattdessen beginnt er mit seinem Nachbarn ein Gespräch.
»Bring's zu an End!« drängen ihn auch die Umsitzenden. Nach einhelliger Meinung darf man sich nicht aus der von Anfang an verlorenen Wette hinausschwindeln, indem man nun so tut, als wäre nichts gewesen. Man fordert den Schuster auf, endlich die Entscheidung herbeizuführen.
»Wieso? Warum?« tut der Gloasl erstaunt: »De fünf Maß g'hörn scho lang mir!«

Dann erklärt ihnen der Schuhmachermeister: »Drei Schläg san ausg'macht! Und drei Schläg hoit er net aus, weil i zum letzt'n gar ned ausziag. Da kon a bis morg'n friah unterm Tisch hockn bleib'n!«
Jetzt dämmert dem einen und dem anderem, worauf der Gloasl hinaus will. Hie und da sieht man auf einem Gesicht ein weises Lächeln aufleuchten.
»Was is jetzt, du Feigling!« schimpft der Weichsl, der noch nichts kapiert hat: »Hau zua, oder zoi!«
»Du hast verlorn!« ruft ihm Undinger zu: »I schlag koa dritt's Moi! Folglich konnst koane drei Plescher aushoit'n!«
Dem unterm Tisch will es trotz dieser Erklärung nicht in den Schädel, daß er dem Schuster auf den Leim gegangen ist. Man muß ihn schließlich mit Gewalt auf seinen Stuhl ziehen. Nach langer Zeit gibt er sich erst drein und bezahlt seine Wettschulden.

»Du hoitst de drei Schläg vom Undinger a net aus!« ruft der Weichsl dem etwas später eintretenden Achatz Max zu. Er will wohl auf diese Weise von seiner Niederlage ablenken. Der Max ist einer der großen Haderner Bauern. Er fühlt sich sofort angesprochen.
»Dem seine Buffer, da brauchat i net amoi a Tischplatt'n dazwischen!« prahlt er, als man ihm die Bedingungen erklärt. Die Wette wird wiederholt. Der Achatz muß bezahlen. Man wird laut und lustig, denn wieder kreist der Krug, gefüllt mit den gewonnenen Bieren.
Noch ein paar Uneingeweihte müssen an diesem Tag daran glauben. Meistens ist es der augenblickliche Verlierer, der einen frisch Hinzukommenden aufstachelt, aufs neue zu wetten. Wenn man schon dem Schustergloasl nicht auskam, dann soll es dem nächsten auch nicht besser gehen.

Der Gloasl hätte bei dem Spaß ein gutes Geld verdienen können. Aber er war nicht von der Sorte. Ihm ging es um die Geselligkeit. Was er gewann, ließ er flüssig auf den Tisch stellen. Selbst der Geprellte sollte mittrinken. So konnte man seine Niederlage mit einem Trostschluck am ehesten lindern und am schnellsten vergessen.

Das zweite Haderner Schulhaus, errichtet im Jahre 1911. Der Erweiterungsbau am Canisiusplatz fehlt noch.

Umgeprostet!

Mindestens einmal im Jahr kam man früher nach München. Aus allen Himmelsrichtungen besuchte man dann die Hauptstadt aller Bayern. Man ließ es nie aus, das Oktoberfest, das landauf und landab alle Veranstaltungen abschloß, die in so großer Zahl den Sommer über bis hinein in den Herbst stattfanden.
Auch von Großhadern aus trachtete man hinüber auf die Wiesn. Wer nicht selbst fuhr, der ließ sich mitnehmen und hatte jemand einen dünnen Geldbeutel, dann machte er sich zu Fuß auf den Weg.
»Da is ma glei drüben!« sagte auch Meister Undinger und sperrte seine Werkstatt schon mittags zu, um einmal richtig feiern zu können. Wie jedes Mal ritt er auf eigenen, auf Schusters Rappen zu diesem Riesenfest, und der Pletzer begleitete ihn.

Die Leute aus dem Dorf treffen sich gern beim Augustiner. Die hohen Lichterbögen spannen sich durch das ganze Zelt, und man möchte glauben, vor allem, wenn man schon eine oder zwei Maß getrunken hat, man sitze direkt im Himmel. Auch der Gloasl und sein Freund nehmen unter den heimeligen Planen Platz. Sie rücken an einen der einfachen Tische. Sie sind früh dran, und sie beobachten, wie sich die langen Bänke allmählich mit Menschen füllen.
Sie sitzen noch nicht lange, da entdecken sie den Jagdaufseher Zirngibl. Er kommt auf sie zu und ruckt gleich an ihre Seite.
»Wichtige Nachricht!« So fällt er ihnen sofort auf die Nerven: »Habe heute einen Holzdieb erwischt!« Unaufgefordert beginnt er zu erzählen, wie er wieder einmal einen armen Teufel angezeigt hat. Mißmutig hören sie ihm zu.
Bald darauf erscheint der Förster Fichtig. Er nimmt aber ihnen gegenüber Platz. Der leutselige Mann hat nicht viel mit den Hadernern zu tun. Er ist für den Staatswald auf der Fürstenrieder Seite zuständig. Trotzdem, man kennt sich. Er gibt allen zur Be-

grüßung die Hand. »'s Bier schmeckt nicht schlecht heuer!« beginnt er die Unterhaltung: »Aber 's is halt wieder um ein Fünferl teurer word'n!« Mit diesem umgänglichen Mann findet man schnell in ein angeregtes Gespräch. Endlich können alle ihren Grant gemeinsam Luft machen und auf die nimmersatten Wiesnwirte schimpfen, die von Jahr zu Jahr mit dem Bierpreis ein gehöriges Stück nach oben rutschen.
Der Gute führt aber nicht lang das Wort, da schleicht der Döberwecker heran. Er steigt zwischen dem Undinger und dem Pletzer über die Bank und setzt sich. Der Viehhändler klopft allen gleich vertraulich tuend auf die Schultern. Er ist bekannt als großer Dampfplauderer und gibt sofort an wie eine Steige voller Affen.
Bezirksrat Wörg kennt sich ebenfalls gut aus in Hadern. Er klemmt sich neben dem Döberwecker an den Tisch. Er hat eine so salbungsvolle Stimme, daß man ihm kaum zuhören kann. Außerdem gibt er jedem recht, auch wenn er sich in einer Minute fünfmal widerspricht. Der Undinger und der Pletzer werfen sich mißmutige Blicke zu. Schließlich zwicken sich noch ein bekannter Fuhrunternehmer und ein stinkreicher Sägewerksbesitzer an ihren Tisch. Es handelt sich dabei um Leute mit viel Geld oder um solche, die ein wichtiges Amt bekleiden. Beliebt sind sie alle nicht.
Auf der anderen Tischseite reihen sich Bürgermeister Weiß, der Apotheker Herzl und noch zwei Haderner Bauern auf. Das sind kommode Leute, mit denen man gern beisammen sitzt und mit denen man ein gutes Wort führen kann.
Meist mischt das Leben. Aber heute auf diesem Oktoberfest, in diesem Wiesnzelt und an diesem Biertisch hat der Zufall streng getrennt. Auf der einen Bank sitzen lauters ehrenwerte Menschen. Ihnen gegenüber, nimmt man den Undinger und den Pletzer aus, haben sich sämtliche unliebsamen Zeitgenossen angesammelt.
Das bemerken natürlich auch der Schuster und sein Freund. Daß sie vom Schicksal auf die andere Seite sortiert wurden, ist ihnen ganz und gar nicht recht. Als der Schustergloasl und der Pletzer

sich einmal hundert Gramm Käse und eine Breze zum Bier holen, beklagen sie sich darüber. Zugleich kommt ihnen aber eine Idee.

Kaum haben sie ihre Brotzeit verdrückt, da beginnt die Kapelle die Nationalhymne aller Wirte dieser Welt anzustimmen:
»Ein Prosit, ein Prosit . . .«, schmettern die Musikanten. Jedermann rückt sich seine Maß zurecht und freut sich auf die innere Kühlung durch den nun bald fließenden Quell.
». . . der Ge . . . müt . . .« singt schon das ganze Zelt mit. Alle Gäste greifen zu den Krügen. Für Undinger und Pletzer ist das das Stichwort. Auch sie stemmen ihre Maßen nach oben. Man stößt an. Nach links und rechts und über den Tisch hinüber rumpsen die Krüge zusammen. Dann beginnt man, die steinernen Gefäße noch höher zu heben. Jede Kehle macht sich bereit, einen tiefen Schluck aufzunehmen.
». . . lich . . . keit!« In diesem Moment drücken die beiden Verschworenen ihre Sitzbank energisch nach hinten. Die Unsympathen krallen sich mit der Rechten am Griff ihres Trinkgefäßes fest. Ihre Linke werfen sie hilfesuchend wie einen Rettungsanker in die Luft. Ein unsicheres Schaukeln folgt.
»Hilfä!« schreit der Viehhandlerer.
»Zement!« flucht der Jagdaufseher.
Wortlos strampelt der Bezirksrat mit seinen beiden Beinen, die sich immer steiler hinauf zum Zeltdach heben.
Aus dem Schaukeln wird ein Kippen. Mit dem letzten Ton der Kapelle nehmen die Ungeliebten den Boden an. Und schwappdiwapp schütten sie sich die Hopfentropfen nicht in den Mund, sondern auch ins Haar. Schäumend vor Bier und vor Wut stehen die Notgelandeten auf. Naß wie Säuglinge verlassen die am Genuß Gehinderten das Zelt und das Fest.

Der Undinger und der Pletzer haben sich natürlich mitfallen lassen. Auch sie verschwinden kleinlaut. Kaum haben sie aber die Bavariahöhe erreicht, biegen sie sich vor Lachen. Sie sind zwar heute ein paar Stunden früher auf dem Weg heim nach ihrem Hadern, aber das ist ihnen der Spaß wert. Es wird eine überaus lustige Wanderung. Immer wieder stellen sie sich vor, wie ihre sogenannten Freunde auf dem Boden des Augustinerzeltes notlanden mußten.

Die Leonhardkapelle in Großhadern gegenüber dem Gasthaus »Schienhammer«. Die Einheimischen nennen sie auch »Stürzerkapelle«.

Gute Nacht!

Eingeschlafen war er! Tatsächlich eingeschlafen! Man konnte es nicht glauben, und man wollte es nicht glauben. Langsam rutschten ihm die Augendeckel herunter, er blinzelte noch ein bißchen, dann nickte er ein. Weg war er! Eingenatzt! Sein Kopf hing nach vorne, und sein Kinn lag am Brustbein auf. Keckernd zog er die Luft ein und pfiff sie wieder aus sich hinaus.
Man hatte schon viel erlebt, aber so etwas hatte es dann doch noch nicht gegeben. Am Wirtshaustisch eingeschlafen! Vor einer frisch eingeschenkten Maß! In einer zünftigen Runde! Das konnte nur dem Mittermeier Max passieren! »Das ist doch die Höhe!« dachte man.
»Der Mittermeier Max, der ist schon einer!« sagte man schließlich im Brustton der Entrüstung.
In Großhadern war man in dieser Richtung einiges gewöhnt. Einmal fuhr ein Landwirt zum Pflügen aufs Feld. Es lag dort, wo heute das weit über München hinaus bekannte Riesen-Klinikum erbaut ist. Mit seinen Ochsen machte er sich daran, die abgeernteten Stoppeln umzuwenden. Da überfiel ihn plötzlich eine große Müdigkeit. Er stützte sich zunächst an der Griffgabel ab. Das merkten natürlich seine Zugtiere. Sie gingen langsamer und langsamer. Matt und matter wurde der Bauer. Er lehnte sich an den Pflug. Seine Ochsen hielten an. Im Stehen noch nickte der Landmann ein und rutschte nach und nach in eine der Furchen, von denen er erst zwei und eine halbe gezogen hatte.
Das war schon ein starkes Stück, mitten in der Arbeit einzuschlafen. Seine Ochsen waren die einzigen, die sich nicht über den Bauern entrüsteten. Nein, ganz im Gegenteil! Ihnen war das mehr als recht. Sie hörten kein Wiah, das sie zum Ziehen zwang, und sie spürten keine Goaßlhiebe über ihrer Schwanzwurzel mehr. Sie brauchten sich nicht mehr abzurackern. So warteten sie noch eine Weile. Dann machten sie es ihrem Herrn nach. Sie legten sich ebenfalls hin und ruhten sich aus. Gegen Mittag fand

man das Gespann. Und nun gab es etwas zu erzählen. Und vor allem mußte sich das ganze Dorf den Bauch halten vor Lachen.

Aber jetzt dieser Mittermeier Max. Ein Schnarcher am Wirtshaustisch!
»Das schlägt dem Faß den Boden aus!« murrt einer der Umsitzenden. Ein anderer will dem Schlafmaxl schon die Rippen putzen. Ein weiterer macht sich daran, ihm die Nase in den frischschäumenden Krug zu stecken, der schon lange unberührt vor ihm steht.
Undinger winkt ab. Der Schustermeister nimmt seine Maß und leert sie mit einem tiefen Zug. Dann schiebt er den leeren Krug zum schnarchenden Mittermeier hinauf. Leise geschieht dies. Er möchte den Max auf keinen Fall wecken. Anschließend rutscht er behutsam vom Stuhl. Seine Zechkumpane leitet er an, es ihm gleichzutun.
Innerhalb kurzer Zeit rahmen den Schnarcher sechs leere Trinkgefäße ein. Ein siebtes, noch gut gefülltes, steht direkt unter seinem Kinn. Die Bierbrüder verlassen das Wirtshaus durch den Hinterausgang. Es ist der Greitner in Solln drüben, den die Haderner recht selten aufsuchen.
Der Schläfer »sägt« weiter. Mutterseelenallein sitzt er im Gastraum. Die Krüge verlangen das Nachschenken. Bedienung und Wirt müssen noch immer etwas besprechen. Sie haben den Auszug von Mittermeiers Zechkumpanen nicht bemerkt.

Als die Kellnerin nach geraumer Zeit hereinkommt, starrt sie den Schnarchmaxl erst entgeistert an. Fünf Minuten, zehn Minuten schaut sie ihm zu. Als keiner seiner Freunde zurückkommt, wird es ihr zu bunt.
»A Wirtsstubn is koa Schlafstubn!« faucht sie ihn an. Der Mittermeier rührt und reibt sich nicht. So packt sie ihn am Oberarm und schüttelt ihn durch. Da schreckt der Max aus seinem paradiesischen Wirtshausschlaf auf. Einen Moment lang weiß er gar nicht, wo er ist. Ganz allein sitzt er an einem Tisch, und um ihn herum aufgereiht stehen Maßkrüge in großer Zahl.

»Zoin!« verlangt die Kassiererin unwirsch. Sie rechnet auf seine Maß noch sechs andere darauf.
»Oane hab i!« berichtigt sie der Mittermeier kleinlaut, denn er ist noch immer nicht ganz wach.
»Und de andern sechse!« grantelt ihn die Bedienung an: »De stenga aa no aus!«
Unser Max wundert sich. Nach seinem tiefen Schlaf fühlt er sich ausgesprochen frisch. Allzuviel kann er nicht getrunken haben. Er gähnt und reibt sich die Augen. Er sieht die vielen leeren Krüge und fühlt sich stocknüchtern.
Langsam zieht er seinen Geldbeutel aus der Hosentasche. Unbeirrt zählt er die Münzen für eine Maß auf die Tischplatte.
Das läßt sich die Kellnerin nicht gefallen. Sie holt den Wirt. Der kommt dem Mittermeier gleich saugrob: »Erst an Rausch osaufa und dann net zoin wolln!« Im gleichen Atemzug werden ihm Prügel angeboten, wird ihm noch die Benachrichtigung der Polizei angedroht.
Die Bedienung und der Gaststättenbesitzer, das sind zwei Personen. Und er ist allein. Was bleibt dem Max da anderes übrig, als seinen Geldbeutel ganz umzustülpen und seine noch volle und die sechs leergetrunkenen Maßen zu bezahlen.
Man kann es sich denken, daß sich der Mittermeier Max geschworen hat: »Einmal und nie wieder!« In einer Wirtschaft schlief er sein Leben lang nicht mehr ein. Das war ihm eine zu kostspielige Lehre gewesen.

Der Schnittlauchstreit

Im alten Großhadern reihten sich die Höfe entlang der Dorfstraße auf wie die Knöpfe an einer Trachtenjoppe. Die seitliche Grenze zum Nachbarn bildete ein Holzschupfen, eine Wagenremise oder vielleicht auch ein Misthaufen. Zwei Anwesen machten davon eine Ausnahme. Sie waren im wahren Sinne des Wortes zusammengewachsen. Wo sie aneinanderstießen, blühte jeweils ein Bauerngarten. Schwere Dahlienköpfe zwängten sich durch die derben Hanichel ihrer Zäune, und leuchtende Sonnenblumen hingen drüber. Ihre Besitzerinnen waren mächtig stolz auf ihre hausnahen Beete und pflegten sie mit viel Liebe und noch mehr Kuhdung. Fleischige Salatblätter und das hochaufgeschossene Gemüse dankten ihnen für diese Zuneigung.
Die beiden Bäuerinnen hielten sich, so oft ihnen Zeit blieb, in ihrem grünen Revier auf, das außer ihnen niemand betreten durfte. Besonders Kinder oder Geflügel wurden durch Geschimpfe oder Geklatsche sofort laut lärmend vertrieben, wenn eines auch nur in die Nähe des Zaunes kam. Kurz vor dem Elfuhrläuten trafen sich die zwei Frauen jeden Tag mit Sicherheit in ihren Gärten. Um diese Stunde nämlich hält der Landmann Mittag. Nun wird schnell noch eine Staude Salat ausgerissen oder ein Kräutlein abgeschnitten, um das Essen der Familie und des Gesindes noch gesünder und noch schmackhafter zu machen.
Dazu gehört vor allem das kleingeschnittene Büschel Schnittlauch, das dem Gekochten und dem Gebratenen eine so angenehme Frische verleiht und darüber hinaus die Verdauung fördert. Wie nun das gepflegte Grün die beiden Anwesen trennte, so war es jeweils das Beet dieses Würzkrautes, das die Grenze im Kleinen, also zwischen den Gärten, bildete.
Rechts und links des an dieser Stelle recht brüchigen Zaunes wuchs der von beiden Bäuerinnen so begehrte Schnittlauch. Wenn man ihn so eifrig über die Gerichte streut wie diese beiden Frauen, dann wird er schnell weniger. Schließlich sieht das Beet

bis auf einen winzigen Randstreifen aus wie ein rasierter Igel. Und in so einem Fall ist es vorgekommen, daß die eine in den Bereich ihrer Nachbarin hinübergraste. Sicherlich geschah das nicht in böser Absicht und auch nicht weiter, als ein Katzenpfötchen reicht.

»Des is mei Schnilling«, brüllt eines Tages die Hierlin zur Bäuerin des Nachbaranwesens hinüber. Das geschieht so laut, daß der vor Schreck gleich der Suppenlöffel entgleitet und in den brodelnden Topf rutscht.
»Da laßt deine Klupperl gfälligst davo!« setzt sie befehlsgewohnt nach, denn sie ist die Frau eines großen Haderner Bauern, dem Feld und Wald zu Hunderten von Tagwerken gehören.
»Unsera is des, der wachst auf unserm Grund!« verteidigt sich die Frau von gegenüber kleinlaut. Außerdem ist sie gerade damit beschäftigt, mit einer Gabel den Kochlöfel aus der dampfenden Suppe zu fischen. Als Häuslersfrau ist sie das Nachgeben gewohnt.
»Hoits Mei, du Fretterin!« schießt es nun aus der groben Goschen der Großbäuerin zurück.
»Sowas derf ma ned sagn!« empört sich die Besitzerin des anderen Anwesens, des wegen seiner Winzigkeit seit jeher den Namen »Zum Käferl« trägt.
Damit kommt sie der Hierlin gerade recht. »Ihr da drüben, ihr lebts ja nur vom Zammastehln, ihr Kiapritscha!« schimpft sie weiter und spielt damit wohl auf das eine Stück Rind an, das man bei den Taglöhnern im Stall stehen hat und das die vielköpfige Familie mehr schlecht als recht ernähren hilft.
So laut schreit sie dabei, daß man sie im halben Dorf hören kann. Und in der anderen Hälfte des Ortes spricht sich ihr Geplärr in Windeseile herum. Man ärgert sich über die Hierlbäuerin, denn wegen der paar Fädlein Schnittlauch, von denen man so nicht genau weiß, wem sie tatsächlich gehören, braucht man nicht gleich mit dem Namengeben und dem Beleidigen anfangen. Die »Zum Käferl« haben gewiß keinen großen Geldbeutel, aber ihr Sach

halten sie redlich zusammen. Einträchtig wirtschaften sie und gelten seit jeher in der Gemeinde als rechtschaffene Leute.

Die Geschichte mit dem Schnittlauch kommt auch dem Schustermeister Undinger zu Ohren. Man kann sie ihm erzählt haben, aber wahrscheinlicher ist, daß er sie selbst gehört hat, denn seine Werkstatt liegt nur in Rufweite von den beiden Gärten entfernt. Als Handwerker hat er sich sein Leben lang abschinden müssen, deshalb tut ihm weh, was da in sein Ohr dringt. Er selbst hat es nicht einmal zu einem eigenen Haus gebracht. Zwar hatte man ihm des öfteren einen preiswerten Bauplatz angeboten und auch einen Kredit zugesagt, aber er lehnte immer ab. Seine bescheidene Art verbot es ihm, Geschenke anzunehmen.
Die hundsgemeinen Beleidigungen der reichen Bäuerin gehen ihm daher nicht aus dem Kopf. Sowas kann man nicht auf sich beruhen lassen. Wer jemand wegen seiner Armut, für die er nichts kann und unter der er noch dazu täglich zu leiden hat, beschimpft, der gehört eigentlich bestraft. Zumindest muß man ihm aber klarmachen, daß er schwer im Unrecht ist.
Der Schustergloasl erzählt weiter, daß ihn der Schnittlauchstreit bewegt. Da er als heiterer und stets zu Streichen aufgelegter Mensch gilt, hört man aufmerksam hin. Der eine und der andere Freund steckt ihm eine Mark zu.
»Richt's«, sagt man zu ihm, und mancher grinst schon jetzt, denn man ahnt, daß sein Vorhaben ein Gspaßettl abgibt, das Leben ins Dorf bringt und dem man hinterm Bierkrug noch lange nachlachen kann.

Den Tag drauf schreit die Hierlin wieder ihre Grobheiten zur Käferin hinüber. Sie könnte sich ihren Schnittlauch leicht kaufen, doch ihr Geiz verbietet es ihr. Die Häuslersfrau schluckt die Gemeinheiten. Sie verzichtet auf ihr Suppengewürz. Ein paar Tage warten ist klüger als jeder Streit. Mit der Zeit wird die grüne Zuwaage von selbst nachwachsen.
Sie braucht gar nicht so lange zu warten. Über Nacht ereignet sich etwas Überraschendes. Der Hierlbäuerin wollen schier die

Augen herausfallen, als sie herausschaut aus ihrem zweistöckigen Haus, vor dem man den Kopf tief ins Genick legen muß, um den Firstheiligen zu entdecken, den man in eine Mauernische hoch droben unter den Giebel hineingeglast hat. Mit offenem Mund gafft sie zur Käferin hinüber, die im Gegensatz zu ihr in einer Zündholzschachtel haust. Das Dach dieser Hütte reicht so weit herunter, daß jeder, der es will, ihr in die Scharrinne spukken kann.
Was ist passiert? Aus eben diesem seitlichen Wasserfang wachsen von einem Ende bis zum anderen saftige, schopfdicke Schnittlauchbüscherl, deren Triebe alle so lang wie ein halber Arm sind. In eben diesem Augenblick öffnet sich das Küchenfenster der Nachbarin. Eine Hand greift heraus und winkelt sich nach oben. Mit einem kleinen Messer schneiden flinke Finger ein dickes Bündel ab. Noch am Fensterbrett wiegt dann die Häuslersfrau den Würzlauch klein. Sie nimmt die kleinen, grünen Röllchen zwischen drei Finger und sträubelt sie dick auf ihre dampfende Suppe.
Die nächsten Wochen braucht sie sich keine bösen Worte anhören. Sie braucht nicht einmal einen Schritt zu gehen, um an ihren Schnittlauch zu kommen. Er wächst ihr direkt in den Suppentopf herein. Sogar das Gießen ist ihr abgenommen. Der Tau und das Regenwasser werden das Dach heruntertröpfeln, in die Rinne sickern und ihr Lieblingskraut ausreichend tränken.

Selbstmordversuch

»Einmal hätte ich mich beinahe selbst erstochen!« erzählte hie und da Schuhmachermeister Nikolaus Undinger. Dieses schreckliche Erlebnis gab er aber nur im kleinen Kreis zum besten.

»Was es alles geben kann auf dieser Welt!« fing er nachdenklich schmunzelnd zu berichten an. Er mußte schon besonders gut aufgelegt sein, wenn er diese Geschichte auspackte.

Es geschah an einem warmen Tag mitten im Frühling. Undinger war ein selbständiger Handwerksmeister. Aber an diesem ersten Mai, dem Tag der Arbeit, wollte auch er nicht arbeiten. Also ließ er seine Werkstatt abgesperrt und machte lieber einen kleinen Spaziergang. Zuerst streifte er durch den Lochhamer Schlag, dann stiefelte er hinauf bis nach Martinsried. Er hatte vor, über Neuried und die Waldgaststätte beim Kriegerheim wieder nach Hadern zurückzukehren.

Die Sonne scheint heiß. Schließlich reißt sie dem Gloasl den Mantel von der Schulter. Er hängt ihn sich über den Arm und marschiert weiter. Er freut sich über die frisch ausgetriebenen Buchenblätter, und er bewundert die gelbgrünen Spitzen der Fichtenzweige. Die Strahlen des Planeten werden immer kräftiger. Der einsame Wanderer schnauft schwer daher. Müder und müder wird er. Seine Schritte werden kurz und kürzer. Ein Kollege hätte ihm unterm Gehen die Schuhe doppeln können. Schließlich wächst er mit seinen Fersen am Boden fest.

Eine Meise zippt. Ein Fink fängt an zu schlagen. Weiter entfernt übt ein Amuxerl. Der Schustermeister beschließt zu rasten. Er sucht sich einen Baumstumpf und wischt ihn ab. Dann setzt er sich auf ihn. Seinen Mantel legt er sich in den Schoß.

Neben ihm wächst eine Hainbuche auf. Einen kräftigen Ast streckt sie ihm entgegen. Undinger macht es sich noch bequemer. Er hängt seinen Mantel daran.

Hier am Waldrand gefällt es dem Gloasl. Es weht ein frisches Lüfterl. Neben ihm schaukelt sein Loden im Wind. Von einer Hasel schneidet er sich einen Stecken, und dann setzt er sich wieder auf seinen Baumstumpf. Er schnitzt an den Stock eine Spitze, dann beginnt er ihn mit seinem Taschenmesser zu ringeln.
Der kühlende Luftstrom bläst seinen Mantel auf, dann leert der sich wieder. Er tanzt leise, lustig hin und her. Wohl und wohler wird es dem Rastenden. Plötzlich ruckt sein Kopf nach hinten. Sein Stecken rutscht ihm aus dem Schoß. Sein Messer fällt zu Boden. Er ist eingenickt.
Nach einiger Zeit wacht er wieder auf. Eine angenehme Kühle umschmeichelt seine Schläfen. Er ruckt ein Stückchen und lehnt sich an den Stamm der Hainbuche. Seine Ohren füllen sich mit dem Flöten der Vögel. Erneut verschwimmt das frische Grün des Frühlingstages vor seinen Augen. Immer tiefer sinkt der Schustermeister hinein in einen erholsamen Schlaf. Behutsam wandert er hinüber in das Reich der Träume.

Undinger merkt nicht, daß sich der Himmel langsam bezieht. Schwarze Wetterwolken türmen sich auf. Aus dem Lüfterl wird ein Wind. Sein Mantel bläht sich jetzt ungestüm auf und fällt wieder in sich zusammen. Wild schlenkert er hin und her.
Auch des Schusters Schlaf wird nun unruhig. Sein Unterbewußtsein nimmt wahr, was sich da über ihm zusammenbraut, und übersetzt es ihm in die Traumsprache. Plötzlich wandert er durch einen Hohlweg. Ein Räuber lauert ihm auf. Er will ihn anspringen.
Ein fernes Grollen kündigt ein Gewitter an. Undinger erschrickt. Es reißt ihn aus seinem Schlummer. So tief war er eingeschlafen, daß er im Moment nicht weiß, wo er ist. Der geträumte Räuber steht plötzlich mit wehendem Mantel vor ihm. Er springt ihn auch in Wirklichkeit an.
Gloasl weicht aus. Er biegt sich nach vorne. Da sieht er das Messer, das ihm aus der Hand rutschte, zwischen seinen Beinen blit-

zen. Er will sich nicht kampflos ergeben. Blitzschnell greift er danach. Dann schnellt er hoch und streckt seinen Arm aus.
»Entweder i oder du!« ruft er, denn in Notwehr ist bekanntlich alles erlaubt. Mit aller Kraft haut er dem Räuber das Messer in den Rücken.
In diesem Augenblick merkt er, daß der Verbrecher nur aus einem Mantel besteht. Dieser Loden ist bloß mit Luft gefüllt und gehört ihm. Zu spät! Sein Messer kann er nicht mehr zurückziehen. Es hat bereits volle Arbeit geleistet. Es ist durch den Stoff gedrungen.
Undinger macht sich auf den Heimweg. Eigentlich hätte er sich ärgern sollen. Aus Dummheit hat er seinen besten Mantel kaputtgeschlitzt. Er ärgert sich jedoch nicht. Dazu ist er ein Mensch, der viel zu viel Humor besitzt. Statt dessen tröstet er sich mit den Worten: »Nur guat, daß i mein Mantel in dem Moment net og'habt hab, sonst hätt i mi selm dastocha!« und grinst dazu über sein ganzes Gesicht.

Jedesmal, wenn er diese Geschichte beendet hatte, stand der Schustermeister auf. Er holte seinen Loden von der Garderobe. Um zu beweisen, daß ihm dieses Mißgeschick tatsächlich passiert war, zeigte er seinen staunenden Zuhörern einen Schlitz im Rücken des Mantels, der handlang war und den seine Frau kunstvoll vernäht hatte.

Der Nasenverein

Weit hinten auf ihren Stockzähnen grinsten die Stammtischler vom Alten Wirt, als der Schuhmacher Undinger übermütig ausrief: »So was hätt scho lang erfunden gehört. In den Verein tritt i sofort ein!«
Der Schmeller, der den letzten Hof in dem Straßendorf Großhadern bewirtschaftete und der auch gern im Wirtshaus etwas abseits saß, konnte nicht sehen, wie sich die Schelme über das linke Auge zublinzelten. Er lehnte sich daher, um Näheres zu erfahren, auf der Fensterbank zurück. Den Unbeteiligten spielend, spitzte er seine Ohren wie ein Holzfuchs. Er wollte herausbringen, was da sein Tischnachbar mit gedämpfter Stimme ansprach. »Nasenverein« nannte sich also das, worüber man hier so geheimnisvoll tuschelte. Den Schmeller wollte seine Sparsamkeit schon heimtreiben, aber da der alte Marklschinder einen Profit witterte, blieb er hinter seinem längst abgestandenen Bier noch etwas sitzen.
Als der Bauer, der zudem alles andere als eine geistige Leuchte war, noch die Wörter »Vergünstigung« und »Hundert Prozent Rabatt« aufschnappte, konnte er sich nicht mehr zurückhalten. Er rutschte die Fensterbank hinauf und zupfte dem Nächstsitzenden am Ärmel: »Was kost da nix?«
»D' Bahnfahrt«, bekam er als knappe Antwort.
»Da kimm i ned mit«, stellte sich der Landwirt dumm. Und das fiel ihm nicht sonderlich schwer.
»D' Bahnfahrt, aber nur, wennst bei dem Verein bist.«
»Wie funktioniert des nacha?« Der Schmeller wollte es nun ganz genau wissen.
»Du gehst zum Schalter und machst einen Geheimgriff, sagst den Ort, wo du hinwillst, und bekommst deine Fahrkarte umsonst!« Mit dieser Erklärung wurde der Notniggel unwirsch abgespeist.

Der Landwirt verstand und verstummte. Nachdenklich rutschte er wieder von der Gruppe weg und vor sein lackes Bier. Selbstvergessen lehnte sich der einfältige Mensch auf seiner Sitzbank zurück. Er tat aber nur so zum Schein. In Wirklichkeit schärfte er seine Seher, denn er mußte unbedingt herausbekommen, wie besagte Bewegung ging, die den Mitgliedern dieses Geheimbundes solche Preisvorteile einbrachte. Durch einen Augenspalt sah er nach längeren Beobachtungen, wie man dem Undinger verstohlen und versteckt ein Faustdrehen in der Höhe des Gesichtserkers vormachte. Jetzt wurde sogar ihm klar, warum hier ständig von einem »Nasenverein« die Rede war.
Gleich fiel dem Schmeller seine Schwester ein. Vor fast schon einer Generation hatte sie nach Augsburg geheiratet. Sie wollte er schon lange einmal besuchen. Schon oft war er eingeladen worden, aber die gute Frau hatte bisher immer vergessen, ihren freundlichen Briefen eine Fahrkarte beizulegen. Nun bot sich endlich eine Gelegenheit, auf Kosten dieses geheimnisvollen Vereins zu reisen. Umständlich zuzelte er den letzten Tropfen Bier aus seinem Glas und ging vergnügt pfeifend nach Hause.
Kaum hatte er die Gaststube verlassen, meckerte der Schustermeister Undinger wie ein Ziegenbock los. Mit seinem Lachen steckte er den ganzen Stammtisch an, daß es von den Wänden nur so widerhallte. Dann knallte er eine Münze auf den Tisch. Keiner der Umsitzenden ließ sich da lumpen. Man griff in die Taschen und legte großzügig drauf.
Das gesammelte Geld bekam der Gloasl. Man erteilte ihm gleichzeitig den Auftrag, die Geschichte so einzufädeln, wie man sie lange vor dem Erscheinen des ebenso geizigen wie einfältigen Menschen im Wirtshaus besprochen hatte.

Schon am Tag darauf zieht der Schmeller seinen abgetragenen Gehrock an. Er poliert seine staubigen Schuhe und bürstet seinen fleckigen Trachtenhut aus. Dann macht er sich auf den Weg. Er geht zu Fuß hinüber nach Pasing, denn ein Fahrrad hatte er sich nie angeschafft. Dieses Fortbewegungsmittel wäre ihm auch

viel zu teuer gewesen, wo man doch auf Schusters Rappen ebenso überall dorthin gelangen konnte, wohin man wollte.
Kaum ist er aus dem Dorf draußen, sperrt Undinger seine Werkstatt zu. Er schwingt sich auf seinen Drahtesel und strampelt ebenfalls nach Pasing hinüber. Allerdings nimmt er nicht den direkten Weg, denn er möchte vom Schmeller nicht gesehen werden. Er radelt durch den Lochhamer Schlag und dann durchs Würmtal. Den Billettlverkäufer am Bahnhof kennt er seit langem. Ihn weiht er schnell ein und begleicht von dem spendierten Geld eine Fahrkarte hinüber in die schwäbische Hauptstadt.
Es vergehen keine zehn Minuten, da schlurft auch unser Haderner Geizhals in das Gebäude. Er baut sich vor dem Schalter auf. Mit großer Geste setzt er den Daumen seiner Rechten an die Nasenspitze, faustet seine Finger zusammen und dreht die Hand nach oben um diese Achse. Dazu sagt er laut und vernehmlich: »Augsburg«. Der Beamte hinterm Glas weiß Bescheid. Ohne mit der Wimper zu zucken, schiebt er die bereits bezahlte Fahrkarte durch den Ausgabeschlitz. Voller Freude nimmt sie der Bauer und geht zum Bahnsteig. Er wartet auf den Personenzug und zuckelt damit hinüber in die große Stadt drüberhalb des Lechs.

Vom Besuch seiner Schwester kommt der Schmeller erst spät in der Nacht nach Hause. In der darauffolgenden Zeit benimmt er sich wie ein getretener Hund. Den Alten Wirt besucht er erst nach Wochen wieder. Kaum hat er aber in der Gaststube Platz genommen, fragt man ihn scheinheilig:
»Warst du vor an Monat net in Augsburg drüben?«
Keine Antwort ist auch eine. Um ihn zum Reden zu bringen, bitten ihn die Stammtischbrüder in ihre Mitte und setzen ihm ein Freibier vor.
»Des kost sei Geld, so a Roas!« beginnt man nach einigem kräftigen Zuprosten von neuem.
»D' Hinfahrt net!« entfährt es jetzt dem Schmeller, dem nach einigen tiefen Zügen die Worte leichter über die Lippen kommen. Dann ist er aber wieder stumm wie ein Grab.

Erst eine weitere Maß kostenlosen Gerstensaftes bringt ihn wieder zum Reden.
Auf die Frage: »Wieso gibt's denn bei der Bahn was umsonst?« erklärt er: »Wennst des Nasendrehn beherrschst, scho!«
Die Umsitzenden schlucken schnell ein hämisches Grinsen hinunter und sehen danach den Landwirt wieder verständnisinnig an.
»Des is a gwandte Gschicht mit dem Griff«, kratzt nach längerer Pause der Schustergloasl auf ein neues vorsichtig an des Geizhalses empfindlichster Stelle.
»Net überall!« läßt der sich aus seiner Reserve locken: »In Pasing haut's hin. Aber in Augsburg hätt' i mir mei Ruam ausreißn könna. Der im Fahrkartnkastl hat schließlich d' Bahnpolizei g'holt, und i hab zoin miassn. Im Schwäbischen ham's koan so an Nasenverein!«
»Den muaß' überall geben!«
»Net bei dene drüben!«
»Wia hast es denn angstellt?« will nun Undinger genau wissen.
Der Pfennigfuchser nimmt seine rechte Hand in Nasenhöhe, faustet sie und dreht sie nach oben.
»Hamperer, du!« schimpft ihn nun der Schustermeister aus. »Des gilt für d' Hinfahrt. Heimzu geht's andersrum!« Zur genauen Erklärung nimmt er die linke Hand vor seinen Gesichtserker. Er dreht nun aber die Faust nicht nach oben, sondern rollt sie in der anderen Richtung, nämlich nach unten ein. Den Umsitzenden will vor Lachen schier der Hals platzen.
Man konnte nun beobachten, wie der Schmeller regelrecht in sich zusammensackte. Er sah sich noch einmal drüben in Augsburg stehen und seine Faust drehen und drehen. Wenn er auch diesen zweiten, ebenso einfachen Griff gewußt hätte –, das viele, viele Geld für die Rückfahrt wäre zu sparen gewesen. Diese Tatsache giftete ihn so, daß er, was bisher noch nie vorgekommen war, sein erst angetrunkenes Bier stehen ließ und sich grußlos aus dem Staub machte.

Der Eselshut

»Da Sparifankerl is auskema! Helfts!« schreit der Viehhändler laut auf. Sonst alles andere als ein schreckhafter Mensch, springt Permoser einen Schritt zurück. Ängstlich reißt er beide Hände vors Gesicht. Er wollte nur seinen Hut aufsetzen. Als er ihn aber von der Ablage nimmt, flattert unter ihm eine Henne heraus. Gackernd fliegt sie durch die Wirtsstube und dann hinaus zum offenen Fenster. Der Bürgermeister und der Lehrer, die sich mit ihrem Freund gerade auf den Heimweg machen wollen, fahren auch zusammen. Sie fangen sich aber schnell wieder und lachen den Viehhändler aus. Dem Dorfschulmeister bleibt aber nicht viel Zeit zum Spotten. Er bringt seinen Hut nicht auf seinen Scheitel, was er auch daran zieht und zarrt. »Laß d' Gardrob da!« zieht ihn das Dorfoberhaupt auf. Die Kopfbedeckung des Lehrers hat jemand festgenäht. Man ermahnt ihn daher streng, mehr Hausaufgaben zu geben, denn diese beiden Streiche schreibt man der zu wenig ausgelasteten Dorfjugend zu.
Da man sich sowieso schon zu lange im Weißen Bräuhaus aufgehalten hat, drängt der Bürgermeister zur Eile. Hastig greift er nach seinem Hut und stülpt ihn sich auf den Kopf. Plötzlich wirbelt Staub auf. Für kurze Zeit verschwindet der Dorfvorsteher in einer weißen Nebelwolke. »Wia a Schneemo schaung S' aus, und des mitten im Juli!« meint die Bedienung, als die Wolke sich gelichtet hat. Dann nimmt sie dem Bürgermeister den Mantel ab und schüttelt ihn kräftig aus. Aber ganz bringt sie das Mehl, das sich in seinem Hut befand, nicht von Revers und Ärmeln.
Verdattert setzen sich die drei Hereingefallenen noch einmal nieder. Die Kellnerin muß ihnen erst einen Schnaps bringen. Schnell kippen sie den Hochprozentigen hinunter. Man hört sie aufschnaufen. Daß ihnen die Streiche kein Schulbub gespielt haben kann, wird ihnen langsam klar. Was ihnen widerfuhr, trägt eher die Handschrift von Meister Undinger, der sie wegen ihres langen Wirtshaussitzens und Schafkopfspielens aufziehen will.

Und Trumpf raus und Trumpf nach, auch heute hatten sie sich an den Karten, oder besser gesagt: die Karten hatten sie wieder bis weit über Mitternacht hinaus in der Gaststube festgehalten.
Als erster erholt sich der Bürgermeister. Er steigert sich in eine amtsmäßige Zornesröte hinein, daß den anderen angst und bang wird. Anzeigen will er den Schusterklaus und vor den Richter bringen und noch einiges mehr. Man beruhigt ihn und rät ihm davon ab. Man wird sich durch solch unüberlegtes Vorgehen im Dorf nur noch lächerlicher machen.
»I hab's!« ruft plötzlich der Viehhändler Permoser aus. Die Geprellten stecken geschäftig ihre Köpfe zusammen. Was sie besprechen, kann selbst die Kellnerin vom Weißen Bräuhaus nicht hören, obwohl die bekanntlich die spitzesten Ohren von ganz Groß- und Kleinhadern hat.

Am nächsten Tag erscheinen die Ausgeschmierten beim Schuhmachermeister. Als sie seine Werkstatt betreten, zieht dieser verschreckt seinen Kopf ein und hämmert nervös auf eine Schuhsohle, die er auf sein Knie gespannt hat. Aber als sich der Permoser nach seinen Haferlschuhen erkundigt und der Bürgermeister ein Paar Stiefel zum Doppeln hinstellt, wird er schnell ruhiger. Das Althaderner Original macht sich schließlich sogar noch über die Hüte der drei lustig, die diese partout nicht abnehmen wollen.
So schnell, wie sie kamen, so schnell verschwinden der Bürgermeister, der Lehrer und der Viehhändler wieder. Sie fanden nämlich in der Werkstatt, was sie suchten, und nahmen es gleich unbemerkt mit. Kichernd eilen sie mit dem Hut des Schusters, ihrer gemeinsamen Beute, hinaus vors Dorf. An der Triebgasse hinten hält gewöhnlich der Wegmacher sein Mittagsschläfchen. Ihr Interesse gilt aber nicht dem Schlaglochausbesserer, sondern mehr seinem Esel. Das Grautier können sie unbemerkt einfangen. Mit dem Gustl kehren sie nach Hadern zurück. Und alle, außer jenen, die gerade auf dem Feld sind, besehen sich ihren Einzug. Man muß schallend lachen, denn der Wegmacheresel ist besonders fein herausgeputzt. Keck sitzt der Undingerhut auf

seinem linken Ohr. Er ist ihm so am Zaumzeug befestigt, daß er ihn nicht abschütteln kann. Mitten im Dorf binden sie den festlichen Gustl dann an der Kirchenmauer an.
Die Schulbuben springen um den Vierbeiner herum. »Grüß Gott, Herr Undinger!« rufen sie dem Esel zu, und: »Wie geht's, Herr Schustermeister?« fragen sie ihn frech. »Schustergloasl, dürfen wir auf dir reiten?« betteln sie den Gustl, und der Unverschämteste unter ihnen zieht gar seine Schuhe aus und bietet sie dem Zugtier des Wegmachers zum Richten an.
Undinger wird bald auf den Volksauflauf aufmerksam. Er stürzt aus seiner Werkstatt und schießt auf den Esel zu: »Gib ma mein Huat, Gustl, i hab nur den oan!« Das Grautier versteht ihn aber nicht und dreht sich weg. »Zwoarazwanzg Mark hat er kost, Gustl! Ganz nei is a!« fleht der Schuhmachermeister den Vierbeiner an. Als er ihm allerdings die Kopfbedeckung abnehmen will, bekommt er einen Tritt, daß es ihn auf den Boden wirft. Da muß sich das ganze Dorf vor Lachen den Bauch halten.
Da der Gustl ganz und gar nicht seinen Hut hergeben will, greift der Schuster schließlich zu einer List. Er rupft saftiges Gras am Rande der Kirchenmauer ab und bietet ein dickes Schübel davon dem Esel an. Damit läßt sich das Tier die Kopfbedeckung, die ihm sowieso nicht gehört, abhandeln. Denn jetzt erst hält er ruhig, und der Gloasl kann sein Eigentum vom Gustlkopf herunterholen.
»So wird aus einem Eselshut wieder ein Schusterhut«, hört man in diesem Moment hinter dem Stadel des Jodlhofbauern hervorrufen. Von dort, aus vornehmer Distanz also, haben der Bürgermeister, der Lehrer und der Viehhändler dem lustigen Treiben zugesehen. Undinger hört es auch und weiß sofort, wessen Rache ihn da trifft. Wut schießt ihm in die Schläfen. Er schimpft über die Straße hinüber: »Wart's no! I werd's eich scho zoagn! An arma Schuasta so durch'n Dreck ziagn!«
Ein vielstimmiges Lachen ist die Antwort. Das bringt ihn ganz außer sich. Zornig spießt sein Zeigefinger auf die Männer: »Eichan Huat werd's no abnehma vor mir! Mehr no! Hibuckeln, hikniagln werd's eich vor mi! Und gar nimma lang werd des

dauern, boid werd des gscheng!« Dann verkriecht er sich in seiner Werkstatt.

Die Beter in der Dorfkirche von St. Peter verstummen. Es ist Sonntag, und die Messe geht zu Ende. Nikolaus Undinger schlüpft als erster aus dem Kirchenportal. Er huscht vor ein großes Spitzbogenfenster und macht sich daran zu schaffen. Dann springt er zu einem hohen Grabstein gleich gegenüber. Nur ein Lausbub, den es ebenfalls nicht bis zum letzten Amen in der Kirche hielt, sieht, wie der Schuster eilig einen unsichtbaren Faden spannt. Der Frechdachs will den Herrn Bürgermeister und den Herrn Lehrer schon warnen, die eben, den übrigen Gemeindemitgliedern voraus, aus dem Gotteshaus strömen. Der Schustergloasl kann dies nur durch die Drohung verhindern, ihm die Ohren abzuschneiden. Das klingt durchaus glaubwürdig, denn er hat das Messer noch in der Hand, mit dem er gerade das andere Ende des Schnürls abtrennt.
Bürgermeister und Lehrer sowie der Viehhändler, der ihnen unmittelbar folgt, rennen also geradewegs in Undingers Absperrung. Der über ihren Köpfen gespannte, kaum erkennbare Faden streift ihnen die Hüte von den Haaren. Sie werfen die Hände in die Höhe, sie wollen ihre Kopfbedeckungen fangen, aber es ist schon zu spät. Diese fliegen auf den Boden und purzeln Undinger direkt vor die Füße. Die drei Männer hechten ihnen nach. Der Gloasl allerdings läßt seinen Hut jedoch demonstrativ auf dem Kopf und lacht seine Freunde laut spottend aus: »Grüaß Gott, Herr Bürgermeister! Grüß Gott, Herr Lehrer! Und Griaß di Permoser! Freindliche Leit gibt's in Hadern! Aber daß ihr euch vor an arma Flickschuasta glei hibuckelts und sogar hiknia-gelts, des hätt's dann do ned braucht!«

Das Gebiß der Stadlhofbäuerin

Die Sonne übt nicht. Gebündelt wirft sie ihre Strahlen auf Großhadern herunter. Es verhebt einem den Atem, wenn man auch nur einen Schritt unter dem wolkenlosen Himmel tun muß. Die meisten Leute arbeiten draußen auf den Feldern. Wer zurückgeblieben ist, hat sich in ein Haus oder zumindest in den Schatten geflüchtet. Man sieht nicht einmal eine Taube picken oder eine Henne scharren. Sie haben sich entweder in ihren Schlag verkrochen oder hudern unter den dichten Obstbäumen.
Der Ort ist fast menschenleer. Nur den Schustermeister Undinger hört man klopfen. Er hat die Fenster seiner Werkstatt mit einem Leintuch verspannt, um sich vor der brütenden Sommerhitze zu schützen. Die Birglin, die alte Stadlhofbäuerin, hat es sich im Freien bequem gemacht. Sie sitzt unter dem schützenden Vordach an der Stallseite des Hofes, der einst ihr gehörte. Schon lange hat sie übergeben. In der Landwirtschaft kann sie nicht mehr mithelfen. Ihre Füße tragen sie nicht mehr so recht, und ihre Finger werden immer gichtiger. Aber sie macht sich noch nützlich, indem sie auf den kleinen Sepperl aufpaßt. Der wendige Stops kann seit kurzem laufen. Mit seiner Lebhaftigkeit bringt der künftige Hoferbe viel Freude in ihre alten Tage.
Oft nimmt ihn die Birglin hoch und busselt ihn ab. Der Sepperl freut sich darüber und juchzt dabei hell auf. Er langt mit seinen kleinen Händen der Großmutter ins Gesicht. Er packt sie an der roten Nase und knetet ihre faltigen Backen. Das gefällt wiederum der Alten, und sie halst ihn noch herzhafter und lacht laut und nennt ihn vergnügt ihren »Sepperl-Scheißerl«.

Am meisten interessiert aber den Enkel der Mund der Ahnin. Immer wieder greift er ihr hinein. Der Birglin sind so schöne, so goldene Zähne auf das Kiefer gezimmert. Die blitzen so hell. Die sollen ihm gehören. Mit ihnen will er unbedingt spielen.

»Des san meine Beißerl, mei Sepperl-Scheißerl!« erklärt ihm seine Großmutter. Die alte Bäurin und der Hoferbe scherzen hin und scherzen her. Wenn der Bub nach oben greift und wieder in ihren Mund will, dann fängt sie seine Hand ab. Sie schüttelt sie dann und gibt sie ihm wieder zurück.
Gerade dieses Nichtdürfen und das ständige Hin und Her machen die Zähne noch begehrenswerter. Was die Großmutter da nicht mit ihm teilen will, das muß etwas ganz Besonderes sein. Der Sepperl strengt sich an. Immer raffinierter wird er, um an das kostbare Geglitzer zu kommen. Seine Hand schießt der Austraglerin schneller ins Gesicht und sticht treffsicherer in den Mund. Er überrascht die Alte auch dadurch, daß er versucht, von hinten her, um ihren Kopf herum, an das Gold zu kommen.
Der Tag ist nicht nur heiß, der Tag ist auch entsetzlich schwül. Die Luft drückt. Die Hitze lastet wie sonst selten im Jahr über den Feldern und auf dem Dorf. Die Stadlhofbäuerin sitzt auf der Bank und atmet schwer. Auf dem Tisch vor ihr liegt ein Schepperl, mit dem sie den Kleinen ablenken kann. Daneben steht das Saugfläschchen, das der Bub ganz ausgetrunken hat. Es ist ruhig ringsum. Man hört kein Fuhrwerk durch das Dorf poltern. Man sieht keinen Menschen, mit dem man ein paar Worte hätte wechseln können.
Von der kleinen Untugend abgesehen, nach ihren Zähnen zu fingern, ist der Sepperl ein braves Kind. Er schreit nicht und spielt oft lange Zeit für sich allein. Aufmerksam erforscht er alles, was ihm seine bäuerliche Umwelt anbietet. Die alte Birglin lehnt ihren Kopf nach hinten. Die Augen fallen ihr plötzlich zu. Dann wacht sie wieder auf und schaut, wo der Bub ist. Momentan interessieren ihn die runden Kiesel drunten am Boden. Er trägt sie zusammen und reiht sie dann um sich herum auf. Da hat er viel zu tun. Im Hof liegen sie zu Hunderten, zu Tausenden umher.
Der Kopf der Austraglerin rutscht nach hinten in die Geranien. Ihr Mund öffnet sich. Das Kinn fällt ihr herunter, und sie beginnt am hellen Nachmittag mitten im Dorf schauderhaft zu schnarchen.

Der Sepperl spielt zunächst weiter. Aber dann wird er auf die ungewohnten Töne aufmerksam. Plötzlich interessieren ihn die groben Laute, die da aus seiner Großmutter dringen, mehr als die Steine am Boden. Er hat noch nie ähnliches gehört. Also dreht er sich und schiebt sich auf die Beine. Dann streckt er sich und zieht sich am Tischfuß in die Höhe. Da entdeckt er, daß das verrückte Geräusch aus dem Mund seiner Großmutter kommt. Und das ist genau jene Öffnung, in der auch der begehrte Goldschatz liegt, den man ihn bisher nie heben ließ.
Sepperl tappt um den Tisch herum. Er steigt die Bank hinauf. Immer wieder blickt er dabei hinauf zu dem lärmenden Loch, aus dem die goldenen Beißerchen verlockend herausglänzen. Von der Bank steigt er schließlich auf den Tisch. Dort richtet er sich auf und balanciert Schritt für Schritt zur Stadlhofbäuerin hin.
Tief schläft die Austragsbäuerin, sehr tief. Ein Kanonenschlag könnte sie jetzt nicht wecken. Der Bub staunt. Der Mund, der sonst immer so lieb »Sepperl-Scheißerl« sagt, rätscht jetzt wie eine Kreissäge. Der Mund, der sich sonst schnell schließt, wenn er kommt, bleibt diesmal weit offen. Und noch etwas fügt sich hinzu. Die Funkelzähne, die sonst immer so weit hinten stecken, hängen jetzt über die Lippen heraus. Gerade, daß sie nicht auf den Boden fallen.
Sepperl macht eine schnelle Bewegung. Sein Begehren verleiht ihm Sicherheit. Er schnappt sich das Gold und zieht es an sich. Sind es nun drei, vier oder fünf Zähne, die zu einer Spange zusammengespannt sind? Oder sind es gar mehr? Sepperl weiß es nicht. Er kann noch nicht zählen. Aber das ist ihm auch gleich. Er ist am Ziel seiner Wünsche angelangt. Was er seit Tagen, was er seit Wochen inständig begehrt hat, das hat er endlich erbeutet, das gehört jetzt ihm.
Wieselflink dreht er sich um. Schnell rutscht er vom Tisch zur Bank hinunter. Dort schiebt er mit den Händen ein wenig und schlägt mit den Füßen zweimal, dann ist er am Boden angelangt.

Die Birglin erschrickt und wacht auf. Sie gurgelt und schluckt, dann schießt sie hoch. Irgendwas ist los mit ihr. Irgendwas geht ihr ab, aber sie weiß nicht was. Sie greift sich an die Backe, sie langt sich in den Mund. Da erschrickt sie ein zweites Mal. Ihre dritten Zähne fehlen! Genaugenommen, sind es nur ein paar Kunststumpen, die ihr aber das Kauen seit einigen Jahren so angenehm leicht machen. Sie ist eingeschlafen, und dabei sind sie ihr herausgerutscht. Schnell schaut sie in ihren Schoß, dann sucht sie am Boden drunten. Es ist ihr schon ein paarmal passiert, daß sie die unbequemen Dinger verloren hat.
Da entdeckt sie ihren Enkel, der es verdächtig eilig hat. Er hat etwas in den Händen. Man sieht es nicht genau. Er schraubt es fest in seine Faust hinein und preßt es mit aller Kraft an die Brust. Er stößt sich von der Bank ab und trachtet aus dem Schatten hinaus in die Sonne.
»Tschebbal, Tschebbal!« ruft die Alte entsetzt. Natürlich hört das der Bub, aber er versteht seinen Namen nicht. Wäre auch ein Wunder, denn so zischend hat ihn noch niemand gerufen.
»Tschib mei Tschebisch!« zischelt nun die Birglin energisch. Der Bub weiß auch nicht, was das ist, ein »Tschebisch«. Und wenn er es wüßte, er würde die Sache auf keinen Fall hergeben. Endlich ist er am Ziel seiner Wünsche angelangt. Mit wackligen, aber großen Schritten rennt er davon. Die Aufregung seiner Großmutter macht seine goldene Beute noch begehrenswerter. Er juchzt hellauf und strampelt zum Taubenschlag.
Die alte Bäurin vergißt, daß sie über achtzig ist. Ihren ganzen Wehdam läßt sie hinter sich und stürzt dem Kleinen nach. Sie springt in die Sonnenglut hinaus und erwischt ihn am Hosenträger.
Der Sepperl nimmt nun das Gebißteil, das er sich so mühsam erjagt hat, und versteckt es, wie er es bei der Großmutter so oft gesehen hat, in seinem Mund. Er meint, so wird es ihm sicherer gehören.
»Tscheberl, tsches isch meintsch!« protestiert die alte Birglin. Sie wird leichenblaß. Plötzlich spürt sie wieder die Last ihrer Jahre. Der Schmerz, der ständige Begleiter ihrer alten Tage, hat sie wie-

der eingeholt. Ihre Beine wollen sie kaum mehr tragen. Die Gicht ist wieder da. Ihre Finger lassen sich nicht bewegen.
Der Sepperl steckt das Gebiß der Großmutter nicht nur in seinen Mund. Er schafft vollendete Tatsachen. Er macht ein paar Kaubewegungen und schluckt es hinunter. Ein für allemal soll ihm das schöne Gold gehören. Nun kann es ihm niemand mehr abnehmen. Jetzt gehört ihm das Glitzerzeug ganz und gar.
»Tschengs ma! Tschengs ma, Tschebbal!« fleht ihn die Birglin an. Sie hebt ihn trotz ihres Wehdams hoch. Sie greift in seinen Mund. Das Gebiß ist nicht mehr zu kriegen. Der Bub preßt seine Zähne zusammen. Gut hat es geschmeckt. Es war das Beste, was er je bekommen hat. Mit keinem Zuckerschäuferl, mit keinem Schokolad würde er tauschen. Das Gebißteil rutscht seine Speiseröhre hinunter, es rutscht hinein in seinen Magen.

Verzweifelt schaut sich die Austraglerin um. Ist niemand da, der ihr helfen kann? Da hört sie den Schuster Undinger klopfen. Sie rennt die Straße hinauf.
»Tschebisch vatschluggt!« Mit diesem Chinesisch stürmt sie seine Werkstatt und hält ihm den Buben entgegen. Der Meister glaubt zunächst, sie sei verrückt.
»Mei Tschebisch!« schreit sie nun und deutet in ihren Mund. Dann spitzt sie aufgeregt auf den Bauch des Buben und meint: »Hat da Tschebbal vatschluggt!« Nun kommt auch der Schustergloasl mit. Er nimmt das Kind und schüttelt es. Dann hält er es an beiden Beinen hoch. Aber auch so kommt die Beißhilfe der Stadlhofbäurin nicht zum Vorschein. Dann steckt der Meister einen Finger in den Mund des Buben. Nicht lange, so schreit er laut auf. Der Kleine kann beißen wie eine Natter.
Währenddessen schleppt sich die Birglin durch Undingers Werkstatt. Sie rauft sich die Haare, sie schlägt die Hände über den Kopf zusammen und zischelt Unverständliches.
»Des hamma glei!« meint Undinger und holt aus seiner Wohnkammer ein dunkles Flascherl. Zwei Dutzend Tropfen träufelt er daraus auf einen Löffel. Mit ihm wandert er dann am Mund des

Kindes vorbei an die Lippen der Bäurin. »Faltsch! Faltsch!« wehrt die ab. Sie will, daß dem Kind die Medizin eingegeben wird.
Undinger läßt sich nicht drausbringen. Er zwingt die Stadlhofbäurin auf einen Stuhl und drängt ihr die Tropfen in den Mund. Dann bringt er ihr ein Glas Wasser zum Nachtrinken. Er hat ihr auch kein Rizinusöl, sondern nur Baldrian aufgetröpfelt. Die Alte beruhigte sich bald, und sie sah ein, daß es in diesem Fall für alle Teile das Gesündeste war, wenn man sich nicht aufregte und einfach ein paar Tage herwartete.

Dorfleben im einstigen Großhadern. Hinter den Bauersleuten sieht man eine Wasserpumpe und eine Hühnerleiter.

Der Förster von Fall

In einem bayerischen Dorf, wie es Großhadern war, ging es zeitweise recht zünftig zu. Man feierte nicht nur die Bauernhochzeiten mit großem Aufwand. Über das ganze Jahr verteilten sich fröhliche Feste. Am Tag vor dem Aschermittwoch veranstaltete man einen Umzug. Er bestand zwar nur aus ein paar Wagen, wurde aber um so begeisterter beklatscht. Im Frühjahr stellte man unter Juchzen und Jubeln den Maibaum auf, und im Herbst tanzte man ausgelassen auf dem zweitägigen Erntedankfest. In der stilleren Zeit, bevor der Advent begann, besann man sich gern auf das Komödispielen. Wenn die Arbeit weniger wurde, probte man im Saal des Alten Wirtes für ein lustiges Volksstück.

Dieses Jahr heißt die Aufführung »Der Förster von Fall«. Es soll etwas ganz Besonderes werden. Man will das Zwerchfell der Haderner in noch nie dagewesener Weise kitzeln. Auf halber Höhe im Bühnenraum ist eine Tür eingelassen. Man wußte nie, warum und für was diese Öffnung freigehalten wurde. Bisher störte sie bei jedem Spiel und wurde jedesmal mühselig mit einer Kulisse überdeckt. Heuer aber will man sie in die Handlung mit einbeziehen. Man macht aus ihr ein großes Fenster, und am Höhepunkt des Spiels stürzt aus ihm ein Darsteller. Das wird eben dieser Förster sein, der dem Stück seinen Namen gibt. Damit er sich aber nichts bricht und auch nicht verletzt, will man ihn zur allgemeinen Heiterkeit weich auf einen Misthaufen landen lassen. Dieser ist natürlich nicht echt, sondern besteht aus Stroh, das man an manchen Stellen mit Ruß angeschwärzt hat.
Die Rolle des Försters läßt sich lange nicht besetzen. Letzten Endes stellt sich Schuhmachermeister Undinger zur Verfügung. Der weitum bekannte Spaßvogel erklärt sich nach längerem Drängen bereit, aus der zum Fenster umfunktionierten Tür zu springen und in das Stroh zu fallen. Das sickert durch und ver-

breitet sich im Dorf. Man freut sich schon jetzt auf den Fenstersturz des Gloasl und dessen Eintauchen in den Misthaufen.
Undinger hat die Rolle aber nur zum Schein angenommen. Er selber will auf keinen Fall purzeln. Er hat ganz andere Pläne. Dem Spiel, an dem man gerade probt, möchte er seinen eigenen Stempel aufdrücken. Jemand anderer soll für ihn springen, und diese Person wird diese Rolle übernehmen, ohne daß sie es merkt. Es muß ein Meisterstück seiner schon oft unter Beweis gestellten Regiekunst werden.
In die Komödie wird er einen echten Förster einbauen. »Förster« ist vielleicht in diesem Zusammenhang ein bißchen zuviel gesagt. Aber derjenige, der auf den Misthaufen segelt, soll wenigstens mit dem Wald und der Jagd etwas zu tun haben. Der Schustergloasl hat sich dafür den Zirngibl ausgesucht.
Der Schorsch gschaftelt ständig mit dem Gewehr auf dem Rükken durch die Haderner Flur. Deshalb ist er im Dorf nicht besonders beliebt. Als Jagdaufseher erschießt er jeden Hund, der ohne Herr daherhetzt, und auch Katzen dürfen sich nicht zu weit vom Ortsrand entfernen. Auf dem Höhepunkt des Theaterabends soll er statt seiner aus dem Fenster stürzen. Das wird der Aufführung einen nie dagewesenen Heiterkeitserfolg bringen.
Dieses Vorhaben muß der Schusterklaus natürlich von langer Hand einfädeln.
»Dem Lochhamer Schlag zu wird gewildert!« verbreitet Undinger zunächst behutsam. Nach und nach macht das Gerücht die Runde und dringt schließlich auch in Zirngibls Ohr. »Und mitten im Dorf wird die Beute verkauft!« Diese nachgeschobene Falschinformation macht den Jägerschorsch mehr als wepsat. Zirngibl schleicht nun noch aufmerksamer durch die Felder als sonst. Damit er dem Gerede auch Glauben schenkt, legt der Gloasl ein paar Drahtschlingen aus. Sie sind nicht besonders kunstvoll geflochten. Der Schuster versteht dieses »Handwerk« nicht. Er will auch kein Wild erbeuten. Er hat vor, den Jäger zu fangen und für seine Pläne einzuspannen.
Das gelingt ihm auch. Der Jagdaufseher kommt kaum mehr ins Bett. Tag und Nacht ist er unterwegs. Er scharwenzelt um das

Dorf herum. Jeden, der ihm begegnet, nimmt er sich genau vor. Mit seiner Wichtigtuerei fällt er den Leuten noch mehr auf die Nerven als bisher.

Die Proben zu dem Stück »Der Förster von Fall« laufen planmäßig. Während die Schauspieler immer sicherer in ihren Rollen werden, schießt der Zirngibl immer nervöser um die Haderner Höfe herum. Schließlich kommt der große Tag. Die Darsteller schlüpfen in ihre neugeschneiderten Kostüme. Man schminkt sich. Die Leute aus dem Dorf drängen in den Saal des Alten Wirtes. Dem Zirngibl hat man die Nachricht hinterbracht, daß vor genau diesem Gasthaus um Punkt halb zehn Uhr ein gewilderter Hase einem Hehler übergeben wird.
Im Aufführungsraum rücken die Leute enger zusammen. Jeder, der gehen kann, hat sich eine Karte gekauft und ist gekommen. Man redet miteinander, und man scherzt durcheinander und freut sich auf den kommenden Kunstgenuß.
Nur der Jägerschorsch geht nicht in die Vorstellung. »Wenn alle Leit Komödi schaun, san d' Lumpen ungestört«, sagt er sich. Die Übergabe der Wildererware kann dann völlig reibungslos geschehen. Er will sich nicht übertölpeln lassen. Pflichtbewußt lauert er auf Vorpaß, und um halb zehn wird er nicht einen der vielen kleinen Holzdiebe überführen, sondern endlich einmal einen leibhaftigen Wilddieb stellen.
Die ersten Schauspieler treten auf. Ein reicher Hoferbe verliebt sich unsterblich in die mittellose Mitterdirn. Der Bauer ist gegen die Herzensheirat, und der alte, vertrottelte Austragler bringt mit seinen Narrheiten die Zuschauer zum Lachen.
Außerhalb des Theaters liegt ein leergekehrtes Dorf. Nur eine Person ist unterwegs. Der Jagdaufseher lurt die Häuserzeilen ab. Seine Augäpfel wollen ihm schier herauskullern, so angestrengt schaut er an alle Fenster und Türen. Sogar auf das Lidzucken vergißt er.
Zur Pause hat man lange geklatscht. Jetzt geht es hinein in den dritten, entscheidenden Akt des Stückes. Die Zuschauer fiebern dem Höhepunkt der Aufführung entgegen.

Da schleicht sich Undinger um den Alten Wirt herum. Ein rotes Schnupftuch hat er sich um den Mund gebunden. Verstohlen blickt er nach links und nach rechts. Unterm Arm trägt er ein Paket. Es ist nur eine in eine Zeitung eingewickelte Runkelrübe, aber es sieht hinreichend verdächtig aus.
»Stehbleibn! Händ ins Gnack!« schreit plötzlich jemand hinter dem Schustergloasl. Der erschrickt aber nicht, denn genau das hat er erwartet. Der Fisch hat angebissen. Undinger kommt der Aufforderung nicht nach. Stattdessen schlüpft er schnell ins Gasthaus.
»Abghaut werd net!« schreit der Zirngibl und hetzt dem vermeintlichen Wilddieb nach. Der Gloasl hört nicht. Übertrieben laut stolpert er die Treppe in den ersten Stock hinauf. Laut Spielplan hat jetzt die Auseinandersetzung zwischen dem strammen Jungbauern und dem feschen Förster zu beginnen. Die beiden stoßen nämlich hinter dem Kammerfenster ihrer Angebeteten zusammen.
»Halt! Halt!« brüllt der Jagerschorsch und trampelt dem Undinger nach. Der rennt an die Türe, die noch geschlossen ist und hinaus auf den Bühnenraum führt. »Laß aus! Laß aus!« schreit er, denn der Zirngibl hat ihn am Zipfel seiner Jacke erwischt. Er schlägt ihm die Hand weg. Dann packt er die Tür am Griff und reißt sie auf. »Lump, ekelhafter!« schimpft jetzt der Jagdaufseher. »Tua ma nix! Tua ma nix!« jammert der Gloasl mit verstellter Stimme.
»Di wenn i dawisch!« hört man nun den Zirngibl drohen. Es hallt laut, denn er ist schon mit einem Bein im Saal draußen. Undinger drückt sich hinter die Türe und gibt seinem Verfolger einen kräftigen Fußtritt.
»Staudenjager!« schimpft er ihm nach.

Der Schorsch will abbremsen. Der Schorsch will umdrehen. Aber es geht nicht mehr. Plötzlich blendet ihn gleißendes Licht. Er hat keinen Boden mehr unter den Füßen. »An Hals drah i dir um!« belfert er. Mit einer Hand versucht er sich an der Tür einzuhalten, aber Undinger dreht ihm die Finger um.

»Jed's Haar reiß i dir aus!« wettert der Jagdaufseher weiter. Er rudert mit beiden Armen durch die Luft. Seine Beine strampeln. Im Flug versucht er sich zu drehen. Er fällt und fällt, und tobend taucht er ein in den Misthaufen, den man drunten auf den Bühnenbrettern aufgeschichtet hat.
In dem geschwärzten Stroh reißt und fetzt er weiter. Die Halme bekommt er in Mund und Nase, und sie rutschen ihm in den Hals. Er hustet und prustet und muß einmal laut niesen. Der angebliche Mist fliegt über die Bühne und flattert hinaus in den Zuschauerraum.
Inzwischen haben alle mitbekommen, wer da heruntergefallen ist. Man lacht laut. Man klatscht fest. Undinger hat man erwartet, Zirngibl ist erschienen. Der Bauch will einem platzen. Prasselnd spendet man Beifall und will nicht aufhören damit. Erst nach langer Zeit verlischt das Licht im Saal. Gleichzeitig mit dem erfolgreichen Spiel der Haderner Theatergruppe findet wieder einmal ein gekonntes Stückl des Schuhmachermeisters Undinger sein spaßiges Ende.

Ein Faschingszug bewegt sich durch die Heiglhofstraße (Blickrichtung nach Norden) und bereichert das Dorfleben. Jung und alt ist auf den Beinen.

Vorsicht, schwärmende Bienen!

Diese Geschichte beginnt am Morgen eines Fronleichnamstages. Großhadern ist schon lange kein reines Bauerndorf mehr. Um seine Höfe legen sich Siedlungen, und nach und nach kreisen Villen und Einfamilienhäuer den Ort von allen Seiten ein. Trotzdem kann man, wenn man will, dem Süden und dem Westen zu noch weit über die Fluren schauen. Sie dehnen sich dort bis an die dunklen Waldungen hin, die das Dorf von Martins-, Fürsten- und Neuried sowie dem Würmtal trennen.
Dieser Fronleichnamstag ist ein herrlicher Junitag, und trotzdem zögere ich. Meine Erzählung will mir nicht so recht über die Lippen. Die heutige Prozession kann noch weit ausholen und sich lange durch das Grün der Felder bewegen. Die Natur fiebert dem Sommer entgegen. Alle Bäume stehen in voller Blüte. Noch gelbt der Löwenzahn in den Wiesen, aber an Rainen und Rändern wuchert schon die Wegwarte. Falter schaukeln von Blume zu Blume, und Hummeln summen geschäftig durch die Luft.

Langsam, sehr langsam komme ich nur voran mit dem, was ich erzählen will. Der Fronleichnamsprozession tragen die Ministranten ein Kreuz voraus. Hinter ihnen schreiten die Erstkommunionkinder. Vor allem die Mädchen sind es, die mit ihren weißen Gewändern dem Zug ein festliches Gepräge geben. Stolz schwingt der Mesner die hohe Kirchenfahne. Ihm folgen die Männer. Dann segnet der Pfarrer mit der Monstranz die Fluren. Man hält einen brokatenen Himmel über ihn. Fromm betende Frauen bilden den Abschluß der Geher.
Die Worte stocken mir fast im Munde, wenn ich nun etwas weiter aushole. Ich muß von dem geistlichen Herrn berichten, der so feierlich unter dem goldenen Traghimmel daherschreitet. Der Haderner Pfarrer schaut auf seine Gemeinde. Er ist streng, doch steht er bei allen Bewohnern des Dorfes in hohem Anse-

hen. Deshalb sieht man ihm auch ein Hobby nach, das auf den ersten Blick nicht so recht zu einem Priester passen mag. In seiner Freizeit betätigt er sich nämlich als Imker.
Eigentlich möchte ich jetzt mit dem Erzählen aufhören. Aber ich bin schon zu weit vorangeschritten. Ohne unhöflich zu erscheinen, kann ich meine Geschichte nicht mehr abbrechen.
Als die Haderner mit ihrem Umzug am dritten und am vierten Altar vorbei sind und sich langsam wieder der Kirche nähern, wittern die kleinen, geschäftigen Tiere des Pfarrers wohl ihren Herrn. Der Tag ist so schön, daß sie es ihm gleichtun wollen. Die heiße Sonne treibt die Bienen hinaus aus der Enge ihres Stockes und verführt sie dazu, ihre eigene Prozession zu veranstalten.
Ein Imker wird sich wohl einer anderen Ausdrucksweise befleißigen. Sie fangen zu schwärmen an, wird er schlicht und einfach sagen. Ein Volk teilt sich. Eine alte Königin läßt ihre junge Rivalin im Stock zurück und macht sich mit der ihr treugebliebenen anderen Hälfte ihres Hofstaates auf den Weg, sich eine neue Behausung zu suchen.

Auch ich bin überzeugt, daß es so und nicht anders gewesen ist. Ich verbürge mich sogar dafür. Aber leider gibt es eine Menge Leute, die das, was sich an dem heutigen, schwülen Maimorgen ereignen wird, ganz anders darstellen. Diese Schandmäuler behaupten, irgend jemand habe an die Stöcke gerührt und die Insekten gezwungen, ihre Heimstatt zu verlassen.
Sie lassen sich auch nicht von dem dummen Gerede abbringen, wenn ihnen ein Fachmann versichert, daß keine Biene aus ihrem Korb flieht, selbst wenn man mit beiden Händen daran rüttelt oder mit den Fäusten darauf trommelt. In so einem Fall schickt das Volk höchstens seine Wächterinnen aus, um den Störenfried durch Angriffe und Stiche zu vertreiben.
Trotz allem möchte ich mich nicht weiter mit langem Wenn und Aber aufhalten. Also wende ich mich wieder dem Fronleichnamszug zu. – Plötzlich zieht sich ein dunkler Schleier aus dem Pfarrhof heraus. Eine Prozession summender Insekten kreuzt

die Prozession der betenden Menschen. Ein Bienenschwarm surrt auf die Andächtigen zu.
Das alles hätte noch nicht viel ausgemacht. Vielleicht hätte der eine oder andere Teilnehmer seinen Kopf eingezogen und das Revers seiner Jacke aufgeschlagen. Manche fromme Frau und mancher andächtige Mann hätte sich kurz weggedreht und dann den davonbrummenden Bienen erleichtert nachgeschaut. Aber das Ereignis nimmt einen ganz anderen Verlauf. Wir kommen nun an den springenden Punkt, der aus einem mehr oder weniger zufälligen Vorgang ein unvergeßliches Erlebnis macht. Der springende Punkt ist in unserem Fall eine Stange, die aus der Schar der Beter und Sänger herausragt.
Bekanntlich haben Bienen nur kleine Flügel. Außerdem waren die Honigsammler des Herrn Pfarrers schon ein gutes Stück weit geflogen. Vielleicht waren sie jetzt etwas müde geworden und wollten rasten. Womöglich wollten sie sich aber auch nur sammeln, um sich neu zu orientieren. Sei es gewesen, wie es wolle! In diesem Moment reckte sich ihnen etwas entgegen! Nein, dieses Gebilde ist kein Zweig, der sich waagrecht wegstreckt. Es handelt sich dabei um einen Stamm, besser gesagt: um ein Stämmchen, das senkrecht aufwächst. Kurz und gut, wir haben es mit der Fahnenstange zu tun, die der Mesner der Canisiuskirche so stolz und so kraftvoll hinauf in den Himmel hält. Die Insekten nehmen diese Einladung dankend an. Der schwarze Schwarmschleier wickelt sich um die Stange und um die Fahne des Kirchenbaumes, und die kleinen Tierchen lassen sich dort nieder.

Viele Haderner glaubten damals, und einige glauben es noch heute, daß der Start und die Landung der wehrhaften Insekten sozusagen am gleichen Faden hingen. Sie meinen darüber hinaus, daß dieser Faden von einer Person kunstvoll gezogen worden sei. Dem Kundigen ist hinreichend bekannt, daß Bienen Anisöl über alles lieben, und daß man es in jeder Apotheke für wenige Pfennige kaufen kann. Dieser Stoff eignet sich also nicht nur zum Backen. Wenn man einen Gegenstand damit gut einreibt, läßt es sich auch bestens als Lockmittel verwenden.

Was mich betrifft, ich wehre mich entschieden gegen solche Vermutungen. Ich kann hier keine Zusammenhänge sehen, und wer es trotzdem tut, dem muß ich einen strafenden Blick zuwerfen. Nein und nochmals nein! Ich wehre mich nicht nur gegen solche Konstruktionen. Ich protestiere auch laut, wenn man in diesem Zusammenhang einen Namen ausspricht. Man tut diesem Menschen bitter unrecht. Diese Lesart hat außerdem wenig für sich. Zum einen ist derjenige, auf den man da mit dem Finger deuten will, unter denen, die den Kirchenzug begleiten. Zum anderen muß ich nochmals betonen, daß Bienen sich nicht wie aufgeschreckte Hühner aus ihrem Stock scheuchen lassen. Die schwärmen nur dann, wenn ihre Zeit gekommen ist.
Die Prozessionsgeher hören die Stechinsekten surren und sirren. Schnell reißen sie ihre Hände hoch und schützen ihr Gesicht. Mit dem Gebetbuch schlagen sie durch ihre Haare. Manch einer sucht hinter dem Vordermann Deckung, und die Kinder rennen gar laut kreischend umher. Man weicht aus den frommen Reihen, die Prozessionordnung gerät empfindlich durcheinander.
An der Fahne des Mesners hängt ein dunkles, gefährlich summendes Säckchen. Der ist allerdings ein besonnener Mann. Er wirft die Fahne keineswegs ins Korn, sondern behält die Nerven. Weiterhin reckt er sie steil hinauf in den Himmel. Dann dreht er sich langsam um und läßt die Beter für einige Minuten allein. Das Kirchbanner schwenkt er zum Pfarrhof hinüber. Neben dem Bienenstand des geistlichen Herrn steht immer ein Fangkorb bereit. In diesen hinein klopft er den Schwarm. Schnell deckelt er ihn ab und kehrt nach dem kleinen Umweg zu der wartenden Prozession zurück.
Gemeinsam zieht man nun in die Kirche ein. Ein paar verirrte Bienen schwirren noch mit, doch das große Übel hat man glücklich hinter sich gebracht. Befreiend dringt das Abschlußlied aus allen Kehlen, und voll Freude verläßt man das Gotteshaus.

Hier könnte meine Erzählung enden. Aber bedauerlicherweise gibt es jene Besserwisser, die allzu gern aus jeder Mücke einen

Elefanten machen. Sie reden sich ihre Behauptungen so lange vor, bis sie selber daran glauben.
Meine Meinung ist, daß man das Geschehene niemand in die Schuhe schieben kann. Kein Mensch, nicht einmal der Schuhmachermeister Nikolaus Undinger, könnte das inszeniert haben. Aber so ist das eben! Hat es irgendwo einen Spaßvogel und ereignet sich etwas Seltsames, so glaubt man dem Zufall nicht. Geflissentlich sieht man über ihn hinweg und schiebt alles lieber dem Scherzbold auf die Schultern.

Über unseren Schustergloasl gibt es in der Tat eine Unzahl von lustigen Stückln. Viele gehen tatsächlich auf den Haderner Schuhmachermeister zurück, das ist unbestritten. Eine Menge anderer versucht man ihm zuzuschreiben. Leider können wir ihn nicht mehr fragen, welche er davon selbst ausgeheckt und welche man ihm nur angedichtet hat, denn seit fast einem halben Jahrhundert weilt er nicht mehr unter den Lebenden.
Neben den Geschichten, die ich aufgeschrieben habe, wird man noch eine Menge von Streichen finden, von denen hier nichts verlautet. Wer die Sammlung vervollständigen will, muß sich allerdings beeilen. Die Zahl der Menschen nämlich, die sich noch erinnern können oder damals eine tragende Rolle spielten, wird bedauerlicherweise immer kleiner. Zu bereuen braucht der Chronist die immer schwieriger werdende Suche auf keinen Fall. Denn es ist immer ein Gewinn, wenn man sich mit einem Menschen beschäftigt, der seinen Lebensalltag augenzwinkernd und mit einem Schmunzeln auf den Lippen meisterte.